たくらみの愛

愁堂れな

幻冬舎ルチル文庫

CONTENTS ✦目次✦

たくらみの愛

✦カバーデザイン＝高津深春（CoCo.Design）
✦ブックデザイン＝まるか工房

イラスト・角田緑✦

たくらみの愛

1

「う……っ」

地下室の中、高沢裕之《たかざわひろゆき》の唇から漏れる苦痛の声が、撓《たわ》んだ手枷《てかせ》の鎖が張り詰めたときに立てられるジャラ、という音と共に響く。

高沢がこの地下室に拉致《らち》されてから、早三日が経《た》とうとしていた。天井から下がる手枷の鎖は伸縮自在ではあるものの、この三日というもの高沢の腕から外されたことがないせいもあり、彼の手首にはくっきりと紫色の痣《あざ》ができてしまっている。

手枷から逃れようとしてできた痣ではない。痣の原因は、今、彼が強いられている行為にあった。

毎夜——地下室ゆえ太陽の光も入らない上、敢《あ》えてなのか時計も設置されていないため朝だか夜だかわからないものの、数時間おきに来訪しては高沢の身体《からだ》を貪《むさぼ》るようにして抱くあの男の行為の乱暴さが、高沢の手首に痣を残すのである。

今や関東一、否《いな》、東日本一の勢力を誇る広域暴力団『菱沼組《ひしぬまぐみ》』の五代目組長であり、日々その勢力を拡充しつつある櫻内玲二《さくらうちれいじ》。美女も裸足《はだし》で逃げ出すほどの美人ではあるが、端麗なその容姿を裏切る『武闘派』であり、世の極道者は残らず畏怖《いふ》の念を抱《いだ》かずにはいられないという、いわばカリスマ的な存在となって久しい。

日本中の極道が憧《あこが》れる存在である櫻内ゆえ、愛人になりたいと願う男女はあとを絶たない。容姿自慢の者、閨《ねや》でのテクニック自慢の者、ありとあらゆる男女が虎視眈々《こしたんたん》とその座を狙《ねら》っているが、櫻内の興味の対象は唯一の愛人に注がれており、彼の目がそうした者たちに向くことはなかった。

その『唯一の愛人』が今、ここ、櫻内の自宅である松濤《しょうとう》の屋敷の地下に鎖で繋《つな》がれている高沢なのだった。

「どうした、つらいか」

ペシペシと頬《ほお》を叩《たた》かれ、遠のきかけた高沢の意識が瞬時戻る。薄く目を開いた先、霞《かす》む視界に現れたのは、黒曜石のごとき美しさを誇る櫻内の潤《うる》んだ瞳《ひとみ》だった。

「お前が欲した罰だ。文句はあるまい」

形のいい唇がそう告げたあと、不自然に片脚を高く上げさせられていた高沢のその脚を櫻内はより高く持ち上げ、苦しい体勢に呻《うめ》いた彼にかまわず、後ろに挿入していた雄で尚《なお》も奥を抉《えぐ》り始めた。

「うぅ……っ」

櫻内の雄にはある特徴がある。いわゆる『真珠』、正しくは球状のシリコンが逞《たくま》しいその竿《さお》に埋め込まれているのである。美しい外見に似合わぬグロテスクな見た目のその雄は、だが、一度でも閨を共にした相手にとっては忘れられないものとなると噂《うわさ》されるほど、絶大な快楽をもたらすという。

「あ……っ……う……っ……」

だが今の高沢にとってはその『真珠』すら、快楽をもたらしてはくれないようで、眉間《みけん》に

くっきりと縦皺《たてじわ》を刻み、唇を噛《か》みしめている。

理由は彼の雄を覆《おお》う金属製のカップにあった。俗に言う『貞操帯』を彼は今、装着されて

いるのである。勃起《ぼっき》すればするだけ、小さなカップの中での膨張に耐えられず痛みを覚える。

貞操帯の鍵《かぎ》は高沢の首に鎖で下げられており、行為中解放してほしいと懇願すればすぐさま

鍵が開けられ、いつものように快楽の限りを尽くせる状況が高沢には許されていた。

だが櫻内の言うとおり、高沢は己に『罰』を課しており、それゆえ彼は決して、どれほど

苦痛を覚えようとも、貞操帯を外してほしいと櫻内に訴えることはしなかった。

「くぅ……っ……う……っ」

櫻内の真珠入りの雄が高沢を突き上げる。これまでに二度、櫻内は高沢の中で達していた。

そのときに放たれた精液が、ぐちゅ、ぐちゅ、という淫猥《いんわい》な音と共に接合部分から零《こぼ》れ落ち、

コンクリ剝《む》き出しの床を濡《ぬ》らしている。

「そこまで意地が張れるいうのは、ある意味、凄《すご》いな」

苦笑しつつも櫻内は容赦なく、高沢の雄を更に怒張させるべく突き上げを続けている。

「う……っ……あ……っ……うぅ……っ」

身悶《みもだ》え、激しく首を横に振る高沢の唇は嚙みしめられ、言葉を告げることはない。そんな彼を見下ろす黒曜石のごとき美しい瞳はなんの感情も表しておらず、淡々と高沢を突き上げ続けている。

この三日というもの、高沢は毎晩、この苦行を強《し》いられていた。否、『強いられていた』わけではない。櫻内はすぐにも解放するというチャンスを与えていたにもかかわらず、高沢がその権利を駆使しなかったに過ぎない。

理由はそれこそ、高沢が己が罰を受けるべき罪を犯したと考えているからで、その『罪』とは、組内で行方を追われているボディガード仲間であり、かつての同僚でもあった峰利史《みねさとし》を匿《かくま》っていたことだった。

はめられた、という彼を少しの間だけ、当時彼が管理していた奥多摩の練習場で匿ってやっていたのだが、ほんの数日のことであってもそれは、組長である櫻内の意向に刃向かうものであるため、その責任をとるべく高沢は敢えて罰を受け続けているのである。

「う……っ……うぅ……っ」

苦痛の呻きを上げながら、櫻内の腕の中でつらさに耐え、身を竦《すく》ませている。櫻内が高沢に対し、彼の『罪』を問い質《ただ》したのは初日のみだった。

『弁解できるものならするといい』

櫻内にそう言われはしたが、高沢は口を閉ざし、一言の言い訳もしなかった。直後に櫻内は高沢に貞操帯を装着し、今夜のように彼を延々と抱き続けたのだった。

実は高沢には櫻内に対し、もう一つ、贖罪《しょくざい》の意識があった。高沢が敬愛している指導者であった、奥多摩にある射撃練習場の管理責任者、三室《みむろ》の裏切りに対しても本来であれば感じる必要のない責任を覚えていた。

少し前になるが、菱沼組の武器庫ともいわれた奥多摩の射撃練習場が何者かの襲撃を受けた際、所長の三室と彼の下で働いていた金子《かねこ》は重傷を負い、多摩地区にある病院に収容された。

おそらくは大陸マフィアの手によるものとされていたその襲撃の手引きをしたのが実は金子であるという指摘を櫻内から受けたときに、三室は一切弁解せず、まだ一人では生活できないような傷を負っていたのにもかかわらず、練習場を出ていけという櫻内の指示に従ったのだった。

高沢はその際、三室の命乞《ご》いをした。その行為が櫻内の不興を買うことはわかっていたが、せずにはいられなかった。

それら諸々《もろもろ》のことで高沢の櫻内に対する罪悪感は募っており、それでどれほど苦しくとも、自ら許しを請うことはすまいと思っていた。が、その思いが櫻内当人に通じているか否かは、彼の知るところになかった。

「馬鹿《ばか》な男だ」

声は笑っている。だが激しい突き上げを続ける櫻内の頬に実際、笑みが浮かんでいるか否かは、常に目を伏せている高沢にはわからない。伏せた目を上げ、確かめる勇気を今の高沢は持ち得なかった。

笑みがあればいい。だがなければもう、二度と自分は櫻内に許されることはないだろう。それがわかるだけに高沢は、何を言われようがされようが、櫻内の表情を見やりはしなかった。

「馬鹿なところがまた、好ましいよ」

歌うような口調。だが本心か否かは高沢にはわからない。

本心であってくれればいい。苦痛を堪《こら》え、目を閉じた瞼《まぶた》の裏に思い描く櫻内の黒曜石のごとき美しい瞳に願いを託す。

息を乱すこともなく腰の律動をやめない櫻内の本意がどこにあるのか、高沢は最早、理解できない状況にあった。

贖《あがな》いを求める自分の真意は、はっきりとわかっている。罪を償う、その間は櫻内のもとにいられる。

櫻内がその必要を求めなくなったときには、彼のもとを去らねばならないであろうことは容易《たやす》く想像がついた。

しかも櫻内はその選択を高沢本人に任せている。肉体的苦痛に耐えかね、貞操帯の鍵を開けてほしいと懇願したその瞬間、罪を償うつもりはないと見なされ、追い出されるに違いない。

それがわかるからこそ高沢は、どれほど与えられる苦痛が大きくともただただ唇を噛み、耐え続けているのだった。


高沢と櫻内の出会いは、高沢がとある『陰謀』に巻き込まれ警察をクビになった際、外注のボディガードとして雇いたいと櫻内がモーションをかけてきた、そのことに始まった。

オリンピック出場選手候補とまで言われていた高沢の銃の腕はそれは確かなものではあるが、実は櫻内は高沢の銃の腕前だけにではなく、彼自身に『一目惚《ぼ》れ』をしていたため、のちに高沢はボディガード兼愛人の座につくことになった。

香港マフィアとの抗争にも決着がつき、当面は安泰と思われていたところ、今般、大陸マフィアと思われる団体から奥多摩にある射撃練習場を襲撃され、組内には緊張感が漲《みなぎ》っている。

唯一の明るいニュースは射撃練習場の襲撃直前に、いわゆる『おつとめ』を終えた風間黎《かざまれい》一《いち》が出所し、若頭補佐を任ぜられたことだった。風間は櫻内とは昔馴染《なじ》みであり、菱沼組内での貢献度も高く、同時に組員からの人気も高い。

風間の人気はその俠気《おとこぎ》によるところが大きいが、別にもう一つ、彼の人気を絶大なものにしている要因があった。超絶といってもいいほどの彼の美貌《びぼう》である。

櫻内と風間、二人が並ぶと、まさに壮観、眼福との賞賛の言葉を恣《ほしいまま》にしている。櫻内についての男色の噂は、高沢との関係以外に人の口に上ることはなかったが、風間についてはを艶福家《えんぷくか》の呼び名も高く、多くの男女と浮き名を流しているという噂に加え、四代目組長のお稚児さんであったという噂も根強く囁《ささや》かれ続けていた。

風間自身は、そうした噂を少しも気にする素振りをみせなかったし、組員たちにとってもまた、風間が筋金入りのバイであるということはいわば彼の『勲章』の一つにすぎず、それで彼の人気が下がることはなかった。

逆に、性的な奔放さは彼の人気を上げる要因にもなっていたのだが、それは櫻内の愛人がもと刑事の高沢一人であることに対する組員たちの反発の表れともいえた。

ともあれ、今やツートップ体勢となったがゆえにそれまで以上に破竹の勢いがあるとの評判で、いよいよ組も安定期に入ったと直参の組織は胸を撫《な》で下ろしている——このところの菱沼組はそんな状態であった。

奥多摩の射撃練習場の襲撃は、二次団体、三次団体の間に緊張を走らせたものの、櫻内・風間のツートップ体勢であれば必ず解決を見るだろうと楽観視されていた。

当然ながらそれらのことを、高沢が知る機会はない——はずなのだが、今宵、櫻内のもとを風間が訪れるにあたり、知ることとなったのだった。

風間が地下室に入ってきたのは、高沢が櫻内に抱かれている真っ最中の出来事だった。

「玲二《れいじ》、いいか？」

「なんだ？」

櫻内が顔色も変えず、風間を振り返る。

「……っ」

なぜ、入室を許すのだと、腰を抱かれながら高沢は、風間に見られぬよう顔を伏せた。気づいた櫻内が高沢の顎《あご》をとらえ、強引に上を向かされる。

「やめ……っ」

拒絶の言葉を告げようとした高沢にかまわず、櫻内は腰の律動を続けながら、部屋に入ってきた風間との会話を継続していった。

「奥多摩の練習場を襲撃したのがどの団体だか、特定できたのか？」

だからこそ来たのだろう、と言わんばかりの櫻内に対し、風間は肩を竦めてみせた。

「いや、まだだ。ここにきて大陸ではなく台湾ではないかという可能性がでてきた。それについては調査を進めている……が、その後、練習場に対してはなんの動きもないからな。おおかた諦《あきら》めたんじゃないか？　今の菱沼組に正面切って楯突《たてつ》こうとするのがどれだけの愚行か、思い知ったんじゃないかな」

にこやかに話を続ける風間を櫻内は高沢の腰を抱いたまま再度振り返った。

「そう簡単に諦めるかね」

「まずは武器庫の襲撃に失敗し、続いて玲二の襲撃にも失敗している。歯が立たないと諦めても不思議はないと思うよ」

風間が、二人の会話に耳を傾けることに意識が集中したあまり、いつしか目を開いてしまっていた高沢と視線を合わせ、ねえ、と微笑《ほほえ》んでくる。

「……っ」

はっとし、目を伏せたその瞬間、櫻内がぐい、と腰を進めてきたため、視線を彼へと向けそうになったが、それを気力で堪えた高沢の耳に、櫻内の機嫌のいい声が響いてきた。

「組長狙撃の失敗はお前の手柄だしな」

「恩着せがましかった？　そのつもりはなかったんだけど」

あはは、と楽しげに笑う風間に櫻内が、

「で？」

と腰の律動はそのまま、問いかける。

「ああ、そうそう。今日の報告は例の、姿を消したボディガードの峰についてだ。彼が何者かの意図により菱沼組に潜入してきたことは間違いない。おそらく今もその人物、もしくは組織に保護されているんだろう。行方は依然として知れないことがそれを物語っている」

「なんだ、その件か」

櫻内が物憂《ものう》げな口調になりながら、高沢の奥をその雄で尚も抉る。

「……っ」

突然の風間の来訪により、萎《な》えかけていた高沢の欲情が、櫻内のリズミカルな突き上げを受け一気に再燃した。その直後、小さなカップに収められた雄が膨張したがゆえの痛みに襲われ、思わず呻く。

「ああ。峰が匿われているのはおそらく、射撃練習場を襲った可能性が一番高いと思われる台湾系のマフィアだろう。となると彼もまた、射撃練習場の襲撃にかかわっている可能性が高いのでは、というのが俺の読みだ。峰は出国した形跡はないから、近々、潜伏先を見つけて玲二の前に連れてくるよ。そこで思う存分、聞くといい。彼がどこに雇われていたのか。その雇い主の目的はなんなのか」

「そうだな。峰についてはは警察をクビになった経緯も気になっていた。可及的速やかに彼から話を聞きたい」

言いながら櫻内が腰を進め、高沢の奥を抉る。

「う……っ」

貞操帯に勃起を阻《はば》まれ、苦痛の声を上げた高沢は視線を感じ、思わず風間を見た。

「……っ」

またも目が合ったことがわかり、すぐさま目を逸《そ》らせた高沢の耳に、痛ましげな風間の声が響く。

「さっきから見ていると高沢君は快楽より苦痛を覚えているようだ。どうしてそんなことを？　玲二にとっては『許す』という選択肢しかないだろうに、なぜ敢えて辛《つら》い目に遭わせようとするのか、理解に苦しむね」

「決めつけはやめろ。選択肢はもっと広いさ」

櫻内が苦笑しつつ、ぐい、と尚も高沢の奥を抉る。

「くぅ……っ」

またも苦痛の声を上げた高沢を見て、風間はやれやれ、というように溜《た》め息を漏らすと、相変わらず同情的な口調のまま、話を続けた。

「いい加減、勘弁してあげなよ。どうせ許すんだろう？　自分好みに調教した身体を手放すことなど、玲二がするわけないだろうに」

「だから決めつけるな、と言っている」

今、顔を上げれば、櫻内の屈託のない笑顔が見られる。それがわかるだけに高沢はきつく目を閉じ、間違ってもその笑顔を見まいとした。

「まあ、それもプレイの一環だっていうのなら、余計なお世話だね」

あはは、と風間が明るく笑う。

プレイのわけがない。いわばこの貞操帯の鍵は、櫻内との間を繋ぐ細すぎる糸のようなものだ。丁寧にたぐらねば切れてしまう。自分がどれだけこの細い糸に思いを託しているか。風間が理解する日は来るまい――堪《たま》らず溜め息を漏らしそうになり、高沢は慌てて唇を噛んだ
きっと風間にはわからない。今や櫻内の気持ちをすべて持っていってしまっているといえる存在なのだから。

他の人間がした場合、決して許されるはずのないことを、風間はいとも簡単にやってのける。それを目の当《ま》たりにしても櫻内は注意を促すどころか、笑顔で彼を受け入れるのである。

「お前のほうはどうなんだ？　頭の軽そうなボーイたちと夜な夜な浮き世を流していると聞いているが」

高沢を淡々と突き上げながら、櫻内が風間に問いかける。

「失敬な。確かに頭は軽いが身体はいいよ」

風間は軽く睨《にら》む真似《まね》をしたものの、

「まあ、『いい』といっても高沢君には遠く及ばないだろうけれどね」

と肩を竦めた。

「ふん」

櫻内が鼻を鳴らしたかと思うと、乱暴な所作で高沢の両脚を押しやった。

「……っ」

怒張しきった雄が抜かれ、ひくひくと後ろが壊れてしまったかのように激しく収縮する。

「う……」

苦痛から解放されたと同時に覚えたもどかしさゆえ自分の喉《のど》から喘《あえ》ぎが漏れ、放り出された両脚の、腿《もも》の部分を擦《こす》り合わせてしまっている身体の動きに高沢が気づいたのは、それを見た風間がくすりと笑い、櫻内を揶揄《やゆ》したせいだった。

「可愛《かわい》いおねだり、するんだね、高沢君は。玲二が飽きたら是非《ぜひ》、譲ってもらいたいよ。まあ、飽きやしないだろうけど」

その言葉を聞き、高沢は己の無意識の振る舞いを恥じ身を竦めた。そんな彼の耳に笑いを含んだ櫻内の声が響く。

「悪いが先約がある」

その発言には思わず、高沢は顔を上げそうになった。すんでのところで思い留《とど》まれたのは、風間が不思議そうに問いを発してくれたおかげだった。

「先約？　誰だ？」

一体誰なのだ。高沢は息を詰めて櫻内の答えを待った。

「八木沼《やぎぬま》の兄貴だ」

「ああ……そういやご執心なんだよね」

風間が心底残念そうな声を出す。高沢は櫻内の口から出たのが八木沼の名であることに、安堵《あんど》と共に戦慄《せんりつ》をも覚えていた。

八木沼賢治《けんじ》。日本一の組織力を誇る広域暴力団、岡村組《おかむらぐみ》の組長である。櫻内とは刑務所内で意気投合し、兄弟杯を交わした仲だった。

櫻内にベタ惚れしている彼と高沢は、今や顔馴染みといってもいい間柄だった。八木沼から高沢は直接、櫻内にいとまを出されるようなことがあれば杯を下ろす気満々である、というような言葉をかけられたことがあった。

それが八木沼の本心であるのか、単にからかわれただけなのかとなると、高沢には判断がつきかねた。

八木沼が執着しているのはあくまでも櫻内であるので、実際櫻内に捨てられるような状況になった場合には最早、洟《はな》も引っ掛けられないのでは、との思いからなのだが、同時に櫻内の八木沼に対する信頼感を目の当たりにしているだけに、八木沼が本気で望んだ場合には、譲り渡されるに違いないという確信もあった。

この先、自分の処遇はどうなるのか。日々、高沢を苛《さいな》んでいた不安が改めて彼の胸に押し寄せてくる。

警察をクビになったときですら、感じたことのない不安だった。なるようにしかならない。そう結論づけていたからだが、なぜ櫻内に『クビ』を宣言されることを想像するだけでこの上ないほどの不安に苛まれるのか。

自分で自分の心情がわからない。唇を噛んだ高沢の耳に、実に心地よい言葉を告げる風間の声が響く。

「八木沼組長は、そりゃ高沢君を欲しがるだろうけど、譲りゃしないんだろう？　譲るつもりならとっくの昔に譲ってるだろうし」

そうあってほしい。切に祈る高沢の心を読んだかのような答えを櫻内が実に淡々と口にする。

「さあ、どうだかな」

「またまた。玲二はツンデレだな」

あはは、と風間が笑い、ねえ、と高沢に話しかけてくる。

「玲二が何を考えているのかはわからないけど、少なくとも、君に執着していることだけはわかる。そうじゃなきゃ、手枷の上に貞操帯なんて、装着しないだろうからね」

にっこり。華麗な笑みを前にする高沢の胸には、理由のわからないざわつきが増していった。不快感としかいいようのない自身の感情は、高沢にとって許容できるものではなかった。

一刻も早く脱したい。塞《ふさ》げるものなら両手で耳を塞ぎたい。そう思っていた高沢に、敢えて聞こえるように言っているとしか思えない櫻内の不機嫌な声が響いた。

「馬鹿馬鹿しい。話はそれで仕舞か？」

「何を怒ってるの？　機嫌を直してくれよ。飲み直そう。玲二の好きそうなワインが手に入ったんだ。不作と言われた八十五年、ブルゴーニュ地方の白ワイン。玲二は好きだろう？　不作の時期にできた良作って」

「よくわかっているな」

一転して櫻内が上機嫌な顔になり、風間に頷《うなず》いてみせる。

「行こう」

「ああ」

二人して微笑み合い、地下室を出ていく。彼らの頭からはもう、自分のことなど飛んでいると思い知らされた瞬間だった。

「そういえば射撃練習場は大丈夫なの？」

風間が心配そうに問いかける声が、高沢の聞いた最後の二人の会話だった。

ガチャン。

重い鉄製の扉が閉ざされる音が高沢の耳に響き渡る。

射撃練習場——既《すで》に三室は追い出されてしまっている。今、練習場は、どうなっていること

とだろう。高沢の唇から溜め息が漏れる。

射撃練習場の責任者代行は高沢が務めていた。自分のあとに誰か、送り込まれたのだろうか。単細胞の早乙女《さおとめ》に、責任者が務まるとは思えないから、おそらく誰か、組の幹部クラスの人間が新たに取り仕切ることになったのではと高沢は推察していた。

というのも、射撃練習場は単なる『練習場』ではなく、菱沼組の武器庫の役割も果たしているからだった。

練習場を襲った中国人マフィアたちの狙《ねら》いもそこにあったのだが、高沢が練習場の『責任者代行』となった際、練習場内をくまなく見回った結果、武器があるのは練習場内の倉庫のみで、そこには、普段、組員たちが練習に使う拳銃《けんじゅう》はずらりと並んでいたものの、菱沼組の『武器庫』というほどの数は揃《そろ》っていなかった。

どうやら『武器庫』は練習場の地下、もしくは別の場所にあるようなのだが、その場所や行き方について、高沢に教えてくれる人間はいなかった。

早乙女に聞いたところ「さあ?」と最初、首を傾《かし》げていたが、

「ああ、そういや」

と以前彼が聞いた噂を思い出し、教えてくれた。

「武器庫について、詳細を知ってるのは組長と、あと、三室所長だけだって話だった。入口もその二人しか知らねえし、鍵も指紋認証かなんかで、組長と三室しか開けられねえように

なってるって」

それを聞いて高沢は、自分の『責任者代行』という役割は本当に『代行』でしかなく、櫻内から完全に練習場を任されたわけではないのだなと実感させられた。

同時に高沢は、三室や金子が瀕死《ひんし》の重傷を負いながらも中国人マフィアに武器を奪われなかった理由はそこにあったのか、と知ったのだった。

三室は今頃、何をしているだろう――高沢の脳裏に、警察時代にも、そして櫻内のボディガードになってからも、世話になったかつての教官の顔が浮かぶ。

櫻内に裏切りを指摘され、銃を突きつけられた際、三室は死ぬ覚悟を固めていたように見えた。まだ、普通に生活をすることもできないであろう傷を負っている彼は、今、どこで何をしているのだろう。

渡辺《わたなべ》あたりが気を利《き》かせて、病院に搬送してくれてはいないだろうか。そこまで彼に望むのは酷というものか。

またも溜め息をつきかけていた高沢は、今は人の心配をしている場合ではないか、と自嘲《じちょう》し自身の身体を見下ろした。

全裸で鎖に繋がれ、貞操帯を嵌《は》められている。食事こそ与えられているし、シャワーブースやトイレは完備されているとはいうものの、服も靴もなく、地下室から出ることもかなわない。

これから自分はどうなってしまうのか——ごろり、と冷たいコンクリの床の上で寝返りを打った高沢の後ろから、どろりと櫻内の残滓《ざんし》が流れ落ちた。

「……っ」

生温《なまぬる》い感触が腿を伝わる不快さに、高沢の口から呻きが漏れる。

汗ばんだ己の肌から立ち上る臭《にお》いと、櫻内の精液の臭いが交じり、高沢の周囲を包んでいる。室内の換気は充分機能しているはずなので、立ち上がり、シャワーを浴びにいけばそれらの臭いから解放されることは当然、高沢も理解していた。

だが、不快感が催されるはずのその臭いが何より自分に安堵を与えるものだということにもまた、高沢は無意識のうちに気づいており、それで彼はいつまでも冷たい床の上から起き上がることなく、自身の身体を両手で抱き締めるようにして横たわり続けていたのだった。

2

それからまた、二日が過ぎた。日にちの感覚は殆《ほとん》どなかったものの、三度の食事は運ばれているため、高沢は二日と判断できていた。

が、もし、食事が決まった時間に運ばれていなかった場合、または意識的に日にちを誤魔《ごま》化《か》そうとされているのだとしたら、日も差さず、時計もないこの地下室で過ぎている時間、日数が正しく把握できているという保証はなかった。

とはいえ、日数を誤魔化される理由があるとは思えない。だとしたらここに連れてこられて五日が過ぎているということか。

ぼんやりとそんなことを考えていた高沢は、紫色の痣が色濃く残る手首をさすり、溜め息を漏らした。

くだらないことを考えてるという自覚はある。が、思考が余所《よそ》に行くことがないよう、敢えてくだらないことをいつまでもぐるぐると考えている。そんな自分を嫌悪する余り高沢がまたも溜め息を漏らしたそのとき、ガチャ、と扉の開く音がし、反射的に彼はそのほうを見やった。

「やあ」

地下室の扉を開いたのは櫻内ではなく風間だった。食事を運んでくれる若い組員は、ドアを開けはするが入口近くに盆を残して去っていき、部屋に入ってくることはない。部屋に足を踏み入れるのは櫻内に限られるというのに、風間は少しも躊躇《ちゅうちょ》することなく開いた扉から入ってくると、高沢のいるところにつかつかと足を進めてきた。

「大丈夫？　随分窶《やつ》れたね。あまり食事をとっていないということだけど、餓死《がし》を狙っているわけじゃないよね？」

心配そうに眉《まゆ》を寄せ、高沢に話しかけてきた風間は膝《ひざ》を折り、高沢と目線を合わせるようにして話し続けた。

「玲二に『許して』って言えばすむだけのことじゃないの？　今なら機嫌がいいはずだよ。東北の白川組《しらかわぐみ》……っていっても君にはわからないか。ずっと系列に入るのを拒んでいた大きな組織が玲二の杯を受けたいと言ってきたんだ。まあ、仲立ちをしたのは俺なんだけどさ」

ふふ、と少し照れくさそうに笑った風間の顔は、実に魅力的だった。思わずその笑顔に見《み》惚《と》れていた高沢は、その彼にバチ、とウインクされ、はっと我に返った。

「玲二だってこんな寒々しい場所で君を抱くよりは、快適なベッドの上で思う存分、可愛がりたいだろうに」

言いながら風間がすっと手を伸ばしてくる。繊細な指先が己の頬に触れる直前、高沢は反射的に顔を背けてしまったのだが、それを見て風間は気を悪くするでもなく、クス、と笑うのみだった。

「大丈夫。君に性的な興味はないから。いや、正直言うとあるけど、玲二のモノに手を出すほど怖いもの知らずじゃない。君が玲二のモノじゃなくなったら別だけどね」

伸ばされた手は高沢の肩をぽん、と叩いただけですぐに引いていき、よいしょ、と声を上げ、風間は立ち上がった。

「それにしてもどうして峰を庇《かば》おうとしたんだい？　警察時代もそう親しくしてはいなかったんだろう？」

明るい口調で、さも世間話のように問いかけてはきたものの、答えによってはそのまま櫻内に報告する気であることを高沢はすぐさま察することができた。

櫻内相手であれば、無言を貫けばよかった。だが風間が相手となると、いくら口を閉ざしていようとも、高沢が喋《しゃべ》るまで問いかけてくる。

「助けて、と言われたら捨て置くことができなかったって感じ？　高沢君はクールに見えて実は人情派っぽいもんね。前にあの早乙女君が鉄砲玉に仕立て上げられたときには、一緒に香港まで行ってあげたんでしょう？　凄《すご》いよね。真似できることじゃないよ」

にこにこと笑いながら風間は語っていたが、やがて腰を折り、高沢の目を真《ま》っ直《す》ぐに見つめ、再び同じ問いを発してきた。

「どうして峰を匿ったりしたの？　彼が組の内情をあれこれ嗅《か》ぎ回っていたことについて、聞いていなかった？」

「……知りませんでした」

答えながら高沢は、これは嘘《うそ》だと心の中で呟《つぶや》いた。峰があれこれ調べているという話は、早乙女から聞いたことがあるし、峰自身にも問い質したことがあった。

峰はその際、適当に誤魔化していたが、そもそもなぜ彼は組内の情報を集めていたのか。本当に台湾マフィアに取り込まれたのか。しかしそれなら高沢に対し、救いを求めてはこなかったのでは、と思えてしまう。

『はめられたんだ』

そう言う峰の目は嘘はついていなかったように思う。思い込みたいだけかもしれないが――いつしか一人の思考の世界にはまっていた高沢は、目の前でパチンと指を鳴らされ、はっと我に返った。

「ぼんやりして。どうしたの？　俺の質問、聞こえなかった？」

「……すみません。聞き逃しました」

実際、耳に入っていなかった。頭を下げた高沢の耳に、苦笑まじりの風間の声が響く。

「峰と三室の行方について、心当たりはないかと聞いたんだ。二人とも君のもとご同業だろう？　追い詰められたらどこに姿を隠すかとか、思いつかないかな？」

「………すみません、わかりません」

確かに三室も峰も、そして自分ももと警察官ではあるが、だからといって二人の行方に心当たりなどあろうはずがない。前職のツテを辿《たど》れそうなのは、定年退職を無事に迎えた三室だけで、高沢も峰も懲戒免職となった身である。

そこまで考えて高沢は、三室に手を差し伸べる人間はいそうだなという可能性に辿り着き少しだけ安堵することができた。だがすぐに、三室自身がそれを望むわけがないかという思考に陥り、溜め息を漏らしそうになる。

「もしかして峰と三室、二人が手を握り合っているってことはない？」

風間の追及が続く。この問いには高沢は、

「それはないと思います」

と即答することができた。

「言い切るね。どうして？」

風間が綺麗《きれい》な目を見開き、問いかけてくる。

「………」

美しい。冴え冴えとした瞳の美しさに、高沢は一瞬見惚れた。

櫻内も白目に少しも濁ったところのない、美しい瞳の持ち主なのだが、風間もまた同じく綺麗な目をしているのだった。

櫻内の瞳は漆黒、風間の瞳は金茶といっていいほど色素が薄いが、二人とも実に澄んだ目をしている。

自分の瞳とはまるで違う——チリ、と高沢の胸に微《かす》かな痛みが走る。嫉妬《しっと》としか思えないそんな感情から高沢は極力目を背けると、

「どうしたの？　また黙り込んで」

と微笑み、問いかけてきた風間に対し俯《うつむ》くことで視線を外し、口を開いた。

「……峰は組の追っ手から逃げるのに精一杯のはずです。彼にとって重傷を負っている三室所長は足手まといでしかないでしょう」

「わからないよ。最初から二人がグルだったらどう？　二人して台湾マフィアのもとに身を寄せたとは考えられない？」

「考えられません」

またも即答してから高沢は、再度理由を聞かれるなと察し、なんと答えようかと思考を巡らせた。が、風間は今度、理由を問うてくることはなかった。

「噂通り、三室教官には随分と傾倒しているね。玲二がヤキモチを妬《や》くわけだ」

あはは、と声を上げて笑った風間の手が再び伸び、高沢の顎をとらえる。上を向かされた高沢は風間の顔を見上げることとなったのだが、目が合った、彼のその目は少しも笑っていないことに気づき、瞬時声を失った。

「練習場襲撃の手引きをしたのは金子で、三室は関係ない――そう信じたいんだろうが、金子と三室は男夫婦だろう？　金子に頼まれれば彼は、武器庫の扉を開きかねない。君が心酔している『三室教官』はもう、この世にいない。いるのは台湾マフィアに懐柔された愛人のために組を裏切る、男狂いの老人だよ」

「………」

違う。否定しようとしたが高沢は結局、己の思いを声に出すことはしなかった。『違う』という根拠を求められたとしても、何一つ示せなかったからだが、目にその思いが表れでもしたのか、風間は、ふっと笑うと憐《あわ》れみのこもった目線を高沢に向け、今まで知ることのなかった衝撃的な話を伝え始めた。

「金子が台湾マフィアに抱き込まれた理由、知ってる？　シャブさ。金子は重度のシャブ中だ。近くにいる三室が気づかないわけないだろう？　だから彼もグルと考えられる」

「……シャブ……ですか」

高沢が知る限り、金子は未《いま》だＩＣＵにおり、生命の危機的状況から脱していないということだった。

射撃練習場に行けば金子と顔を合わせることになるが、会話は数回交わしたのみである。先ほど風間は高沢に対し『三室に心酔している』と揶揄してきたが、金子こそがまさに三室への『心酔』を全身で体現していた。

三室は彼を息子だといい、金子は三室を父ではないという。組内の噂では『男夫婦』であるということだったが、以前、高沢は三室本人から自分は不能であるという告白を受けたことがあった。

二人の関係について、正確なところはわからない。だが、確かに金子がシャブ中毒になっているのだとしたら、三室がそれを見過ごすことはないだろう。

しかし三室もまた、台湾マフィアに手を貸しているとはとても思えないのだが。内心首を傾げていた高沢は、またも、くい、と顎をとらえられ、はっとし顔を上げた。

「三室は寝返る可能性が高いっていうのに、なぜ玲二は彼を野放しにしたんだろう。珍しいことに頭に血でも上ったのかな？　以前の彼なら息の根を止めていただろうにね」

にっこり。美しい瞳を細め、風間が微笑む。

だがやはり彼の目は少しも笑っておらず、細められたせいで瞳の奥へと飲み込まれた星は更に強い光を保ち、じっと高沢を見据えていた。

何を聞き出そうとしているのだろう。自分には何も、明かせるようなネタはない。三室を、そして峰を庇っていると思われているのか。気持ちとしては庇いたくあるが、こうして鎖で繋がれている状態では庇いようもない。

何より、自分は峰についても三室についても、詳しいことは何も知らないのだ。

高沢もまた真っ直ぐ風間を見つめ、己の胸の内には何もないのだということをわかってもらおうとした。沈黙が二人の間に流れる。

「どうして玲二は、三室の命を奪わなかったんだと思う？」

相変わらず高沢の瞳を見つめながら、風間が再度問いかけてくる。

「君が彼の命乞いをしたからじゃないかと、俺は見ているんだけど」

「……それは……」

実際、それが理由かはわからない。だが三室を撃とうとした櫻内を止めたことは事実であったため、高沢はどう答えていいものかと迷い言葉を探した。

「『それは』？」

またもにっこり、と風間が微笑みかけてくる。

「……わかりません。俺には組長の気持ちは少しも……」

「わかるだろ？　高沢君はどうして自分のことになるとそう、自信喪失するんだか」

ぷっと風間が噴き出す。そのとき彼の目はしっかり笑っていて、高沢は意外さから思わずその目を覗《のぞ》き込んでしまった。

「無意識？　人たらしだな、君は。俺も一瞬、くらっと来たよ」

またも風間が噴き出し、高沢の頬をペシペシと軽く叩く。

「……え？」

何を言われているのか今一つわからず、戸惑いの声を上げた高沢の頬を最後にペシ、とも

う一度軽く叩くと風間は、

「つまりは、君には玲二の決断に影響を与えるだけの魅力があるってことだよ」

そう告げ、ニッと笑ってみせた。

「……よく意味が……わかりません」

実際、意味がわからなかったのでそう告げた高沢に対し、風間がまたもぷっと噴き出した
そのとき、ガチャ、と重い鉄製の扉が開き、櫻内が姿を現した。

「なんだ、ここにいたのか」

櫻内の機嫌は酷く悪そうだった。むっとした顔のままそう告げた彼を、風間が笑顔で振り返る。

「高沢君と内緒話をしていた。早いところ可愛くおねだりして許してもらうといいって。そのほうが玲二の機嫌も上向くだろうってね」

「馬鹿馬鹿しい。お前は変なドリームをすぐにも捨てるべきだな」

櫻内が吐き捨て、風間を睨む。だが彼の顔には笑みがあり、その目もしっかりと笑っていることに、気づかぬ高沢ではなかった。

「ドリームじゃないよ。俺は玲二の心情はすべて、把握してるつもりだけどな」

ふふ、と笑いながら風間が櫻内に近づいていく。

「それはどうだかな」

「違う？　どこが？　説明してもらいたいな」

「すべて違うさ」

「嘘ばっかり。玲二の嘘はすぐにわかる」

「よく言うよ」

「本当さ。強がりを言うときは俺の目を見ないだろう？」

「馬鹿馬鹿しいな。見るよ。お前が馬鹿げたことを言ってきたときには」

「もう、玲二はツンデレだな」

「デレたことはないぞ」

「ああ、そうか」

　二人の間で親密な会話がこれでもかというほど続いている。それを耳に入れざるを得ない我が身の不運を高沢は呪《のろ》った。

「で？　実のところは、三室の行方を吐かせようとしたんだろう？」

　歌うような口調で問いかけてきた櫻内に対し、風間が息を呑《の》んだ。

「よくわかったね。答えもわかってる？」

「ああ。何も得るところはない……だろう？」

　にや、と櫻内が笑い、ちらと高沢を見やる。目が合った瞬間、いたたまれない気持ちとなり、すっと目を伏せた高沢の耳に、風間の媚《こ》びを含んだ声が響く。

「そのとおり。玲二にはかなわないな」

「よく言うよ。他に目的があるのだろうに」

肩を竦める櫻内に風間は、

「バレたか」

と笑うと、媚びた声のまま話を続けた。

「個人的に気になったんだよ。どうして玲二が三室の息の根を止めなかったかということにさ。武器庫に入ることができるのは玲二以外には三室しかいないんだろう？　なら殊更、彼を殺すべきだったんじゃないかと、そう思ってしまうじゃないか」

「三室の指紋データではもう、武器庫の扉は開けることができない」

淡々とした口調で櫻内が答える。それを聞き、高沢は常に伏せていた目をつい上げてしまい、結果、櫻内と目が合ってしまった。

「なんだ、そういうこと？」

風間が拍子抜けした声を出す。

「ああ。心配には及ばない」

「玲二のことだから抜かりはないと思っていたけど……なるほどね。データはすぐにも削除可能だったってことか」

安心した。微笑む風間に、櫻内も優しげな笑みを向ける。

「心配をかけたな。だが俺もそこまで考えなしじゃない」

「別に『考えなし』と思ったわけじゃない。ただ……」

「ただ？」

問いかける櫻内に風間は少し考える素振りをしてから口を開いた。

「うーん、三室を解放したのが玲二の意思だというのなら、それはそれでアリかなと思えるけど、もし、誰かさんに懇願されての結果だとしたら玲二らしくないなと、そう思っただけだよ」

「くだらない」

それを聞き、櫻内が吐き捨てる。

「なんだ、怒った？」

あからさまなほど不機嫌な様子を見せているというのに、風間はそんな櫻内の肩を抱き、瞳を覗き込むようにして話しかけ続けた。

「怒るなよ。別に恋する玲二をからかおうとしたわけじゃないんだから」

「からかっているだろう。今だって」

櫻内の頬に笑みが戻る。俯いているので彼の顔を見ているわけではないが、声でわかる、と高沢は、思わず漏れそうになった溜め息を堪えるために唇を噛んだ。

「からかってないさ。ああ、ごめん。これから愛の交歓タイムなんだろ？　退散するよ。さあ、楽しんでくれ」

明るく笑った風間が高沢に再び歩み寄ると、頭をぽんと叩き、顔を上げさせる。

「それじゃね」

にっこり。風間の笑みはそれは華麗なものだったが、高沢はやはり目が笑っていないように感じてしまっていた。

風間が地下室を出ていく。が、その後も櫻内が高沢に話しかけてくることはなかった。

「…………？」

いつもであれば、声はかけずとも地下室内に入ってくるやいなや、身体に触れてくるというのに。今日はもしや、他に用があったのか、と高沢は気になったあまり、敢えて伏せていた目を上げ、櫻内を見やってしまった。

「……っ」

その瞬間、カチッと音がするほどしっかり目が合ってしまい、慌てて再び顔を伏せる。と、それと同時に高沢の耳に、『不機嫌』としか表現し得ない声が響き、再び彼は顔を上げることとなったのだった。

「風間とは普通に話すんだな」

「…………」

ここで高沢が声を失ったのは、櫻内は扉の外で聞き耳でも立てていたのかと思ったためだった。彼が室内に足を踏み入れてから、風間とは会話を交わしていない。

盗み聞きなど、櫻内には最も相応《ふさわ》しくない行為であるのに、と驚いたために何も発言できないでいた高沢は、つかつかと近づいてきた櫻内に顎をとらえられ、無理矢理上を向かされてしまった。

「人が話しているときには顔を見ろ」

摑《つか》まれた顎が痛い。顎の骨を砕くつもりなのではというほどの強い力に、高沢は上りそうになる苦痛の声を堪え、わかった、と頷こうとした。が、それでも櫻内の指はゆるまず、きりきりと締め上げてくる。

「わ、わかりました……っ」

口がうまく開かないせいで言葉が不明瞭になる。目を伏せようとすると指先に力がよりこもるため、高沢は仕方なく櫻内を真っ直ぐに見上げた。

じっと自分を見下ろしていた彼と目が合う。

五秒。十秒。

櫻内の黒い瞳からは、なんの感情をも読み取ることができない。彼の行動からすると怒っているのだろうとわかるが、美しいその瞳には怒りの焔《ほむら》は立ち上っていなかった。

当然ながら嬉《うれ》しそうでもなく、そして更に当然なことに哀《かな》しそうでもない。平穏、というのとはまた違う。どちらかというと真逆といっていい雰囲気を湛えたその黒い瞳は、あたかも漆黒の闇《やみ》を思わせた。

天井の明かりを受け、煌《きら》めく星は確かに櫻内の瞳の中にある。その星は美しくはあったし、物理的には煌めいていたけれど、やはりそこには闇が広がっていた。

平衡感覚を失うほどの闇の中に放り込まれた、とでもいえばいいのか。とてつもないほどの不安をかき立てられる。早く目を逸らしたいが逸らせることのほうに恐怖心を煽《あお》られ、高沢は顎の痛みに耐えながらただ櫻内のその瞳を見つめ続けた。

「今、何を考えている？」

櫻内の形のいい唇が微かに開き、抑えた声音が室内に響く。

何を考えているか——？　その問いはそっくりそのまま、高沢が櫻内に向けて発したいものだった。

こうして地下室に捕らわれるより前でも、櫻内の思考がまるで読めず、結果不興を買ってしまうことが高沢にはよくあった。

が、ここまで理解できなかったことはついぞなかった。それゆえなんと答えればいいのかもわからず、黙り込んでいた高沢の視線の先、櫻内の瞳にようやく感情が表れる。

「無視か」

苛立《いらだ》ち。普段の櫻内もよく見せる表情だった。自分にとってはマイナス感情だが、それでも無表情であるよりはずっといい。高沢の胸の中に安堵感が広がっていく。

「何を笑っている」

顔には出していないつもりだった。が、微かに唇の端が上がっていたのかもしれない。ますます不快そうになった櫻内がはっきりと高沢を睨みつける。

「余裕じゃないか」

櫻内もまた、安堵しているように見える。気のせいに違いないだろうが。そんなことを考えていた高沢の目の前で、櫻内は小さく舌打ちすると、乱暴な所作で高沢の顎を離した。弾みで床へとうつ伏せの状態で倒れ込んだ高沢に、すかさず櫻内が覆い被《かぶ》さってくる。

「う……っ」

腹に腕を回され、不自然に腰を上げさせられた。尻《しり》を摑まれたと感じた直後、後孔《こうこう》に怒張しきった逞しい雄の先端がめり込んでくる。

少しも慣らさない状態での挿入により与えられるのは苦痛でしかなく、高沢は唇を噛んで裂傷の痛みに耐えた。

淡々と、だが力強く櫻内が高沢を突き上げる。背後で響く彼の息づかいが微かにあがってきたことに気づいたとき、高沢の身体に変化が起こった。

乾いた痛みにただ軋《きし》んでいた後ろがひくりと蠢《うごめ》き、櫻内の雄を締め上げる。

「……っ」

微妙な変化はすぐに櫻内にも知られることとなったようで、一瞬息を呑んだ気配が伝わってきたあと、高沢の耳には冷笑としかいいようのない彼の声が響いてきた。

「なんだ、もうよくなってきたのか」

「ちが……っ」

否定の言葉は、櫻内に腰を摑まれ、より深いところを逞しいその雄で抉られることにより、喘ぎに紛れて消えていった。

「淫乱《いんらん》だな」

笑いながら櫻内が尚も激しく高沢を突き上げる。

快楽の兆しが見えたと同時に鼓動が高鳴り、全身が熱を帯びてきたものの、すぐさまその『快楽』が高沢の雄に変化をもたらすことにより、また彼の身は苦痛に苛まれることとなった。貞操帯が勃起する雄を圧迫し始めたからである。

「う……っ……くぅ……っ」

櫻内のボコボコとした雄が抜き差しされる後ろは快感にわななき、激しく収縮しては櫻内の雄にまとわりつく。だが快感が大きければ大きいほど、勃起を阻むカップの中で雄は苦痛に見舞われるのだった。

快楽が勝るにつれ、苦痛も増していく。歯を食いしばり堪えているのは果たして快感か苦痛か。混乱しながらも高沢は、この時間のみ、安堵することができているという自身の心情に気づいていた。

「淫乱というより、マゾなのか」

櫻内の嘲《あざけ》りが背後で聞こえる。被虐の気はないつもりだったが、これでは「マゾと言われても言い返しようがない。自嘲するような余裕は今の高沢にはあろうはずもないのだが、そのとき、俯いていた彼の唇には微かな笑みが浮かんでいた。

3

櫻内に抱かれている最中、高沢は苦痛のあまり意識を失ってしまったようだった。目覚めたときには地下室には誰もおらず、ドアの内側には冷めた夕食が置かれていた。

食欲はなかったため、それを一瞥《いちべつ》しただけで高沢はシャワーを浴びに向かった。入浴の際には当然、貞操帯を外しそこを洗う。首にかかる鎖を外し、鍵を開けた高沢は、一連の所作のあまりの馬鹿馬鹿しさに思わず溜め息を漏らしていた。

シャワーを浴び終え、またこれを身につける。淫《みだ》らなこの器具が、櫻内と己を繋ぐ細い糸だという思い込みは、我ながらくだらないとしかいいようがない。

くだらないと思うのなら外しておけばいい。なのにそうできずにいる自分を情けなく思わずにはいられなかった。

思考を働かせると落ち込むことばかりであるため、高沢は軽く頭を振って気持ちを切り換えると、何も考えないようにしようと自身に言い聞かせ、熱い湯を頭から浴びた。

手が雄へと伸びそうになる。自慰をしたいという欲求は、今まで高沢の抱くものではなかったが、なぜか今日に限ってはしたくてたまらないというほど彼の中でその欲求が膨らんでいった。

射精をする瞬間、頭の中は真っ白になる。まさに何も考えられない状態へと自分をもっていける。それが望みかもしれないが、単にこの五日というもの、ずっと射精を阻まれ続けていたことに身体が悲鳴を上げ、欲情を放ちたいと欲しているだけかもしれなかった。

誰も見ていないこの地下室内では、自慰をしようが羞恥を感じることはない。だが高沢は、欲望を抑えるほうを選んだ。

伸びかけた手を気力で戻し、迸《ほとばし》る熱い湯を浴びながら目を閉じる。

自慰をしたことを櫻内に知られたくない。罰は受け続けている。その思いからの忍耐だった。自己満足であることは本人にもよくわかっていたが、やはり自分は『細い糸』にすべてを託しているようだ、と思う高沢の唇が歪《ゆが》む。

自嘲と自己嫌悪、双方が胸の中で入り乱れ、気持ちが悪いことこの上ない。自分自身の心情について、これまで高沢は深く追究したことがなかった。

追究するほどの中身を自分が持ち得ないと思っていたからであるが、何もすることがなく、一人でこうして鎖で繋がれたまま閉じ込められている今の状態では、内に向く以外、思考の行き先はない。

だが自身のことを考えれば考えるほどに、理解できない上に情けなさしか感じられず、このところ高沢はそんな自分に対して嫌悪の念を抱くようになっていた。

自己嫌悪を覚えるのなら改善すればいいだけのこと。頭ではわかっているのに、思考も行動も前向きには働かない。

何か行動を起こすことを怖がっている。そんな自分に対し、尚も嫌悪の念が増していく。

「…………」

またも溜め息を漏らしそうになり、高沢は更に自分に対する嫌悪の感情が増幅される思いに陥りながらも唇を嚙み、溜め息を堪えると蛇口を捻《ひね》り湯を止めた。

自分自身のことではなく、何か他のことを考えよう。髪をタオルで拭《ぬぐ》いながら気力で思考を余所へと向けようと努力する。

風間から聞いた話について考えることにしよう。

櫻内以外の人間を思い浮かべたとき、最初に浮かんだ美貌の若頭補佐の顔から連想し、高沢は思考を働かせ始めた。

風間は峰と三室がグルであるようなストーリーを描いていた。が、実際のところはどうなのだろう。高沢的には『あり得ない』のだが、風間の言うとおり、金子がシャブ中であるとしたら、可能性も出てくるのかもしれない。

高沢が必死で思考を働かせているのは、これから彼が行う動作に理由があった。今、彼は貞操帯を装着しようとしていた。ますます自己嫌悪に見舞われるその行為をするとき、高沢は何か他のことを必死に考えるのである。それで三室と峰のことを考えていたのだが、貞操帯を嵌《は》め終えても尚、彼が思考を続けたのは、どうにも違和感があると思えてしまっていたからだった。

果たして金子は本当にシャブ中なのだろうか。彼が三室の息子にせよ、噂どおり『男夫婦』であるにせよ、三室が身の回りに置いている人間に目を光らせていないわけがない。金子が『中毒』になるまで気づかないのはあり得ないし、気づいたとしたら当然、なんらかの対処をするはずである。

それこそ台湾だか大陸だかのマフィアに拉致され、すっかりシャブ中にされたというのだろうか。しかしそれにも違和感を覚えずにはいられない。そんなことが起こっていたのだとしたら、まず三室が金子救出に向け、動くのではないか。組にも相談するだろう。それをせず、マフィアに取り込まれた結果襲撃を許す――などということが果たして起こり得るのか。

三室の人柄を思うと、何から何まで納得がいかない。しかし金子が手引きをしたことに対して三室はなんの弁解もせず、それを指摘した櫻内に向かい、ただただ頭を下げていた。

となると金子の手引きは真実であり、その理由はシャブ、ということになるのだろうか。

しかし手引きをした金子と、そして三室はなぜ大怪我《おおけが》を負うことになったのか。マフィアが協力者である二人の口を塞ごうとしたのか？　そもそも手引きをしたのだったら、武器庫を守り切るだろうか。実際、武器は守られているのである。

わけがわからない。首を傾げつつ、高沢は喉の渇きを覚え、地下室の片隅に置かれた小さな冷蔵庫へと向かった。食事の盆の上にもミネラルウオーターのペットボトルは置いてあったが、既にぬるくなっているだろうと思ったためである。

食事をとる気はすっかりなくなっていた。

『少し窶れたんじゃない？』

風間から言われた言葉がふと、耳に蘇《よみがえ》る。

実際、痩《や》せた。自身の胸を見下ろし、胸筋のあたりに触れてみる。筋肉も落ちてきた気がする。腕はどうだろう。自身の上腕を摑む高沢の胸に、不意に不安が芽生える。

銃に五日も触れなかったことはなかった。射撃の腕も落ちてしまうのでは。こんな生活を続けていたら、銃を持つこともできなくなるのではないだろうか。

いきなり覚えた不安は、高沢に焦燥《しょうそう》感を与えた。落ち着かねば、と周囲を見渡したその視界に映るのが、造りかけの射撃練習用のスペースであることが、更に彼の焦燥感を煽る。

このままでいいのか。自分は櫻内のボディガードではなかったか。生きがいとまで感じていた銃を手放していいのか。銃のない人生に、果たして生きている意味はあるのか。

撃ちたい――。

硝煙《しょうえん》の匂《にお》いを嗅《か》ぎたい。引き金を引いた瞬間腕に伝わる、ズシッとした重さを今、この瞬間にも感じたい。

「ああ……っ」

堪らず銃を求め、室内を見回していた高沢の口から、声が漏れる。

もしも櫻内にただただ従順であったとしたら——彼の自宅の地下にあるここは、自分のための射撃練習場になる予定だったのであるから、思う存分この場所で銃を撃てていたはずだった。

どこで何が間違ったのか。峰か。三室か。それとも——風間か。

風間が出所してこのかた、高沢の胸に平穏はなかった。もう、自身でも理解できる。これはまさに『嫉妬』。櫻内の心をこれでもかというほど摑んでいる彼に自分は嫉妬している。

認めざるを得ない己の嫉妬心と向かい合うしかなくなった高沢のちょうど目の前、冷蔵庫の置かれた壁の横、大きな姿見が視界に入った。

情けないとしか表現できない全裸の自分から目を逸らせる高沢の口からまた溜め息が漏れた。

かなうはずがないのである。自分には当然ながら美貌もない。性戯もない。唯一の取り柄は、射撃の腕のみである。

その射撃の腕を失ったらもう、存在価値などなくなるのでは。ますます焦燥感が煽られるのを感じながら高沢は、造りかけの的に向かい、右手を差し伸ばした。人差し指のみを立て、的の中心を睨む。

「…………馬鹿か……俺は」

自嘲し、指を下ろした高沢の瞳に涙が滲《にじ》む。

自分が情けなくて涙が出る。悔し泣きというのともまた違う、そんな感情は今まで、高沢の持ち得ないものだった。

もう、何もかもを捨て去り、拳銃と自分しかいない、そんな世界に戻りたい。

何も考えたくない。自分が欲しているのは硝煙の匂いだけだったはずだ。その頃のほうがどれだけ、充実した人生を歩めていたことか。

もう、いやだ。

両手に顔を埋《うず》め、心の中で呟いた高沢だったが、同時に彼は悟ってもいた。

二度と、その『充実した人生』に戻れる日は来ないのだ、ということに。

今や己の人生において、プライオリティの一位は拳銃ではない。とうの昔に悟っていたはずのその事実を改めて思い知らされていた高沢の脳裏にはそのとき、現在の『一位』である美貌の極道の顔が浮かんでいたのだった。


三度三度届けられる食事に、高沢が手をつけなくなったことには、正直、これといった理由はなかった。

食欲が湧《わ》かない。それに尽きた。別に敢えて、餓死を狙ったというわけでもなく、櫻内に心配してもらいたかったというような心理も働いていなかった。

その後二日ほど櫻内は姿を見せなかったのだが、それが食事をとらない理由ではないと、高沢はそう思っていた。

三日目に高沢のもとを訪れた櫻内は、あからさまなほど不機嫌だった。

「痩せたな」

「………」

自分ではよくわからなくて高沢はそう告げた櫻内に対し、何も言うことができずにいた。

「俺への抗議か?」

だが櫻内に確認をとられたときには、まったく想定していない問いだっただけに、違う、と首を横に振ることができた。

「なら、食事は必ずとれ。餓死などされたらたまらん」

言い捨てられ、高沢は「わかりました」と答えたものの、櫻内の『たまらん』の言葉の真意を確かめたいという欲求を苦労して抑えていた。

翌日もまた、櫻内は高沢のもとを訪れた。が、彼は一人ではなかった。

「本当だ。随分と痩せてしまっている。診《み》てあげよう」

さも当然のように櫻内の隣に並んでいたのは風間だった。

「……あの？」

『診て』というのはどういう意味かわかりかねていた高沢の前に風間が跪《ひざまず》き、両手を頬へと伸ばしてくる。反射的に身を引こうとした高沢の耳に、不機嫌極まりない櫻内の声が響いた。

「風間は医師免許を持っている」

「え？」

驚いたあまり声を上げた高沢の、見開いた両目の縁に風間は親指を添えて更に目を開かせると、続いて、

「口を開けて」

と微笑み命じてきた。言われるがまま、口を開くと風間が中を覗き込み、すぐに、

「ありがとう」

と唇の端を引き結ぶようにしてまた微笑み、立ち上がった。

「ざっと診《み》だけど、体調が悪いようには見えない。まあ、心音も聞いてないし、心配ならちゃんとした医者に診せたほうがいいかもな」

「お前が『ちゃんとした医者』だと思ったから連れてきたんだが」

相変わらず不機嫌そうな櫻内に歩み寄りつつ、風間が肩を竦める。

「俺は外科だし、それに医師免許は既に剝奪《はくだつ》されてしまってるよ」

あはは、と風間が笑って櫻内の肩を叩き、顔を覗き込む。彼の手が未だ櫻内の肩の上にあ

ることについ注目してしまっていた高沢は、風間に振り返られ慌てて目を逸らせた。

「まあ、食欲が落ちるのも無理はないだろう。こんな狭いところに鎖で繋がれている上に、大好きな銃も撃てないんだ。せめて銃くらいは用意してやったら?」

「………」

対する櫻内は何も答えず、己の肩の上にある風間の手を軽く叩いて外させる。

「ああ、自殺するかもしれないから?」

無言の櫻内の表情は険しかったというのに、風間は少しも臆《おく》する素振りをみせず、尚も顔を覗き込み問いかけていた。

そのうちに櫻内が彼を怒鳴りつけるのではないか。そうとしか思えずにいた高沢は、己が感じるべきではないはずの緊張感に苛まれていたのだが、櫻内のリアクションはまるで違うものだった。

「自殺などするタマじゃないさ」

ふっと笑いそう言ったかと思うと、またもちらと高沢を振り返り、不快そうな表情となったあとに、視線を風間へと戻し言葉を続ける。

「東北に行っている間、放置したことへの抗議かもな」

「可愛いな」

あはは、とまたも風間が高い笑い声を上げると、今度は彼が視線を高沢へと向け話しかけてきた。

「安心していいよ、高沢君。玲二、東北でも浮気はしていないから」

「何を言っているんだか」

何もリアクションができずにいた高沢のかわり――というわけでもないだろうが、櫻内が呆《あき》れた様子で肩を竦める。

「玲二ったらせっかく白川組が用意していた極上の東北美人に洟も引っかけないんだもの。可哀想《かわいそう》に権田《ごんだ》組長も気にしてたよ。玲二の好みを把握できていなかったんじゃないかってさ。玲二は唯一の愛人への愛が深すぎるんだ、と納得してもらったけど、あそこは嘘でも、モーションくらいはかけてやるべきだったんじゃないの？」

「馬鹿馬鹿しい」

にべもなく言い捨てた櫻内に風間は「酷いな」と苦笑したあと、

「まあ一応、玲二の代理として味わわせてもらったけど」

と再度肩を竦めた。

「ちゃっかりしてるな。それで？　どうだった？　評判の東北美人は」

「ちゃんと仕込まれていたよ。性戯も玲二好みに」

「俺の好みを誰が知らせたんだ？」

櫻内が笑いながら風間に問いかける。

「俺」

風間は笑いながら自身を親指で示してみせたあと、媚びを感じさせる視線を櫻内に向け、微笑んだ。

「玲二には気に入ってもらえなかったけど」

「気に入るもいらないも。お前が俺の好みを知っていることが驚きだ」

苦笑する櫻内に風間が「当然」と頷く。

「フェラが上手《うま》い女。あとは、自己主張しないこと。そのとき、その瞬間だけ玲二を楽しませることができればそれでいい。あとくされのない関係を玲二は好むから」

「フェラが上手い女を嫌いな男がいるかという話だな」

ふっと櫻内が笑う。

「違いない」

風間もまた笑っていたが、やがて真面目《まじめ》な顔になると櫻内の目を見つめ、口を開いた。

「冗談はともかく、奥多摩はどうする気なんだ？　幹部とはいえ、守山《もりやま》の手に負えるような件じゃなかろうに」

「そうでもないさ」

対する櫻内の頬から笑みが失われることはなかった。

「守山に御しきれるとでも？」

呆れた口調になる風間の肩を櫻内が摑む。

「幹部を少しは信用しろ」

「……ああ、別に信じていないわけじゃない。ただ、荷が重いんじゃないかと思っただけで」

「まあ確かに、彼には少々荷が重いな」

櫻内が口元を歪め頷いてみせる。

「だろう？」

風間が我が意を得たりとばかりに笑顔になるさまを、高沢は複雑な思いで見つめていた。

「よかった。玲二と見解が一緒で」

『よかった』と言いつつ、風間の顔には自信が溢《あふ》れている。見解が違うはずがないという思いをなぜ彼は抱くことができるのか。羨望《せんぼう》に身を焼いていた高沢の前では櫻内が、ますますその羨望をかき立てる言葉を語っていた。

「当然だ」

実際、『当然』と思っていることがありありとわかる櫻内の笑顔を前にし、ズキ、と高沢の胸が痛む。

「組長と若頭補佐だものね」

風間もまた嬉しげに笑っていたが、再び心配そうな表情となると櫻内に心持ち顔を寄せ問いを発した。

「他に駒《こま》がないからこその守山なんだろうけど、不安だな。俺が行こうか？」

「案ずるな。あそこは間もなく閉鎖する」

「……っ」

さもなんでもないことのように語られた櫻内の言葉に、高沢は思わず息を呑んだ。

「閉鎖？」

風間も初耳だったらしく、驚いた顔になっている。

「ああ。ケチがついたしな」

櫻内の表情に不快感が表れる。

「ケチって？」

風間には櫻内の言葉が理解できないようだったが、高沢は『ケチ』がなんだか推察できた。かつて高沢は三室から、あの射撃練習場を造るときの話を聞いたことがあった。警察を辞めた三室を組にスカウトする際、櫻内から彼は、好きなように造れと言われたという。長年警察で射撃を教えてきた、その経験を生かせと言われた彼は、自分の理想とする練習空間を造り上げた。実際、練習場の使い勝手は警察のそれと比べても段違いによかったことを思い出す高沢の口から、我知らぬうちに溜め息が漏れた。

途端に櫻内が、さも不快そうな視線を向けてきたことに気づき、高沢は慌てて唇を引き結び顔を伏せたのだが、その様子を見て風間もまた、『ケチ』に思い当たったらしかった。

「ああ、三室教官か。あの練習場を設計したのが彼だったんだっけ」

「彼が設計したのは『練習場』部分だけだ」

憮然《ぶぜん》として言い放った櫻内の肩を風間が抱く。

「だよね。いかにも無粋な彼が、露天風呂だの離れだのを造れるわけがないもの」

「無粋なものか」

相変わらず櫻内は不機嫌そうだったが、風間の手を振り払うことはなかった。

「離れで金子と蜜月生活を送っていたことを言ってるのか？」

にやりと笑った風間が、ちらと高沢に視線を向けてくる。

「露天でもやりまくりだったんだろうな」

三室を貶《おとし》める発言は、高沢にとって聞きたいものではなかった。とはいえ、表情に出せば風間が話題を振ってくることがわかっているため、高沢は聞かぬふりを決め込み俯いたままでいた。

どうも風間は、自分が三室の行方を知った上で庇っていると思っているようである。それで揺さぶりをかけてきているのだろうが、実際、心当たりなど一つもないがゆえに揺さぶられたところで何も喋ることはできない。

不快感が募るだけだ、と密《ひそ》かに唇を嚙んだ高沢の耳に、物憂げな櫻内の声が響く。

「どうだかな」

「玲二も楽しみまくったんだろう？　露天。俺も使わせてもらったよ」

そんな櫻内の顔を覗き込み風間が楽しげに笑う。彼の目は煌めき、頬は少し紅潮していた。

本当に美しい顔だ。ああも綺麗な顔を寄せられ、櫻内は何も思うところがないのだろうか。高沢の頭にふとその考えが浮かぶ。同時に己の胸に痛みを覚えた彼は、無意識のうちにそこへと手をやり、指先に触れた貞操帯の鍵を摑んでしまっていた。

「『使う』という表現はどうなんだ」

櫻内が噴き出し、風間の背を叩く。白皙《はくせき》の美貌が笑みに綻《ほころ》ぶさまを前にし、更に高沢の胸は痛んだ。

圧倒されるほどの美貌を誇る二人の親しげな様子は、『絵になる』以外に表現のしようがなかった。互いが互いに相応《ふさわ》しい。外見もしかり、そして心が通じ合っていることもしかり。二人の間に自分が入り込む余地などあろうはずがない。そもそも『入り込』もうとすること自体が愚行に思える。

気づけば強い力で鍵を握り締めていたため、手を開くとしっかり掌《てのひら》に痕《あと》が残ってしまっている。その痕を見つめるうちに高沢は、今この瞬間にも『貞操帯を外してほしい』と櫻内に訴えかけたいという衝動を必死で押さえ込んでいた。

もういい。細い糸を自ら断ち切ってしまいたい。これ以上、二人の姿を見せつけられることのないように。

嫉妬という感情と縁のない人生を送ってきた高沢は、生まれて初めて感じる嫉妬の念を受け止めかねていた。

どす黒い感情が胸に渦巻き、息苦しさを覚える。吐き出してしまいたいが、そうするには自暴自棄になるしかないというそんな感情に今、高沢は翻弄《ほんろう》されていた。

自分というものを殆ど持たなかったことに、今更ながら高沢は気づかされていた。なので己をさらけ出すことへの羞恥《しゅうち》も嫌悪も今まで感じたことがなかったのだが、嫉妬心を露《あら》わにするという行為にはやはり抵抗を感じた。

喚《わめ》き立てる。泣きじゃくる。

『もうたくさんだ!』

『いい加減にしてくれ!』

叫びたい言葉が次々頭に浮かび、喉に熱いものが込み上げてくるが、高沢の口が動くことはなかった。

「しかし閉鎖はいいが、武器庫はどうするんだ?」

目は伏せれば仲睦《なかむつ》まじい二人の姿から逃れられる。だが彼らの声は耳を塞がないかぎり高沢にも聞こえてしまう。

両手で耳を塞ぎ、身体を丸めたい衝動に駆られていたが、行動に移せばきっと風間の興味を惹《ひ》くことになろう。『どうした』などと話しかけられたら答えようがない。それで高沢は俯いたまま、できるかぎり思考を働かせ、二人の会話に意識がいかないようにという無駄な努力をし始めたのだが、何を考えようとしても風間の、そして櫻内の声は高沢の耳に届き、話の内容もまた頭に入り込んできた。

「武器庫も移すよ」

「新しい練習場に？」

「ああ。今日の深夜運び出す」

「その仕切りを守山に？」

「話が戻ったな。守山では仕切れないと？」

「心配なんだよね」

風間が、うーん、と唸《うな》り櫻内を見る。

「やっぱり俺が行く」

「武器庫の移設について知っているのは守山のみだ。彼には直前まで誰にも明かすなと伝えてある。零時に武器庫の鍵を開けるので練習場にいる者たちを使い、新しい場所に移すよう指示を出している。お前に出張ってもらうまでもないさ」

「練習場を見張られていたら？　武器を運んでいるところを襲撃されたらどうするんだ」

「見張られていないことは何日もかけて確認した」

「……そうか……」

櫻内がこうも丁寧に説明する場面に、高沢は居合わせたことがなかった。それでも風間は納得できないらしく、

「……心配だなあ」

と呟いている。

「どうしても行くというのなら止めないが、守山の顔を潰《つぶ》すなよ」

やれやれ、というように櫻内が溜め息をつく声が高沢の耳に響く。

ここまで説明されても納得しないというのは、櫻内の立てた計画に漏れがあると考えている、そう思われても仕方のない行為だというのに、櫻内は不快に思うどころか、笑って風間の言葉を許している。

それだけ、特別ということだろう。キリキリと痛む胸を持て余していた高沢の耳に、風間の甘えている、としか表現し得ない声が響いてくる。

「やだな、怒った？　別に玲二に楯突こうってわけじゃないよ。俺が信用しきれてないのは守山の能力であって、彼の忠誠心も玲二の計画も信用してるんだからさ」

「怒っちゃいないさ」

「嘘だ。怒ってる。ああ、もうわかった。出しゃばらないよ。今夜は守山に任せる。それで俺は玲二としっぽり酒を飲む。そうしよう。うん、それでいいや」

「人の予定まで決めるなよ」

非難するようなことを告げている割りに、櫻内の声には笑いがあった。

「お誘い申し上げてるのさ。百合子《ゆりこ》の店で飲み明かそう」

「いいのか？　奥多摩に行かなくて」

「意地悪だなあ。行かないって言ってるじゃないか。俺も守山を信用することにするよ。玲二が信用したんだからさ。だから、ね、付き合って。百合子も玲二に会いたがってるんだよ」

「彼女が会いたいのはお前だろうに」

「会ってるよ、毎晩。同じところに住んでいるんだから」

「ああ、そうだったな」

「やだなあ。百合子からもしかして、泣きが入った？　同じマンションに住んでいるのに可愛がってもらえないって……仕方ないんだよ。俺は高沢君みたいな床上手なボディガードを育成中なんだから」

「あの頭の軽そうな若い衆は、床上手にはなれてもボディガードにはなれなそうだな」

「そうなんだよ。そこが頭の痛いところでさあ」

　どうしたらいいんだろうねえ、と風間が嘆き、櫻内が笑う。そこから話題は艶《つや》っぽい方向へと流れていき、それこそ耳を塞ぎたくなるような猥談《わいだん》が語られるようになったのだが、猥談の内容より耳を塞ぎたい欲求を高沢が募らせていたのは、会話の端々に現れる、いかにも親しげな櫻内と風間のやりとりそのものだった。

4

それから暫《しば》くの間、風間と櫻内は地下室内で雑談をしていたが、やがて会話に飽きたのか二人して地下室を出ていった。

一人残された高沢のもとに、その日の夕食が運ばれる。いつもであればドアのところに食事を置かれるだけであるのに、今夜は若い組員が室内に足を踏み入れ、テーブルの上に食事の載った盆を下ろした上で高沢に話しかけてきた。

「食べるまで見張れと言われていますので」

「……え？」

意味がわからず問い返した高沢に、

「ですから」

と若い組員が言いづらそうに言葉を続ける。

「食事をとらないようなら、力ずくでもとらせろ、と……」

「……っ」

そんなことを命じられていたのか、と驚く高沢の前で若い組員が、

「食べてください」

と頭を下げる。

「……わかりました……」

食欲はなかったが、食べなければそれこそ無理矢理口を開けさせられるのだろう。そう思ったこともあるが、それ以前にもし食べることができなかった場合、この組員に何か害が及ぶのではと、それを恐れ、高沢は無理矢理盆に載せられていた食事を口へと運んだ。

食べてみると食欲はないものの、案外するすると白飯も肉も、そして野菜も、喉を下っていった。十五分ほどで盆に載っているものを完食すると、若い組員はあからさまなほどほっとした表情となり、

「失礼します」

と明るい声を上げ、頭を下げて地下室内を出ていった。

消化のよさそうなものばかりが並んでいたが、久々にちゃんと食事をとったため、胃もたれを覚えていた高沢は、ごろり、と床に横たわり目を閉じた。

生かされている。そう実感した瞬間だった。自分は櫻内に生かされている。しかしいつまで彼が自分を『生かして』いようと思ってくれるかは謎《なぞ》だな、と思う高沢の唇の間から溜め息が漏れた。

別に、抗議をしているつもりはなかった。食欲が湧かないから食べなかったに過ぎないと

いうのに、まさか若い組員に力ずくで食事をさせようとするとは思っていなかった。

死にたい、と願ったこともないし、かまってほしいと願うこともなかった――はずだった。

だがこうしてかまわれてみると、この上ない安堵を感じている自分が確かにいることを否定できない。

女々《めめ》しすぎるだろう。自己嫌悪に陥っていた高沢はまたも溜め息を漏らし、目を閉じた。

このまま、いつまで拉致され続けていくのだろう。櫻内が欲してくれているかぎり、この状況を受け入れ続けるんだろうか、自分は。

自ら櫻内のもとを離れるという選択肢もある。こんな惨《みじ》めな思いをするくらいなら、その道をなぜ自分は選ばずにいるのだろう。

選ぶべきだとは思う。だが踏ん切りがつかない。

不意に吐き気が込み上げてきて、高沢は部屋の隅にあるトイレに駆け寄り、そこで嘔吐《おうと》した。

せっかく食べたものをすべて吐いてしまった高沢は、息苦しさを覚え、潤んだ目を上げた。

生きることになんの意味があるのか。今この瞬間に命が失われたとしても、悲しんでくれるような人間を高沢は一人も思いつかなかった。

否。

ただ一人にだけは悲しんでほしい。ほんの少しでいいから。

自分がそんな思考に陥ることになろうとは、と高沢は自分自身に呆れたあまり、自嘲の笑みを漏らしていた。

悲しまれようが悲しまれなかれようが、死んだあとの世界など、自分には認識できないのだ。どちらでもかまわないではないか。

己の言葉に一人頷く高沢だったが、それでも、『彼』にだけは多少の悲しみを覚えてほしいと考える彼の脳裏にはそのとき、その人物の——櫻内の、華麗としかいいようのない笑みが浮かんでいた。

「……さんっ！　高沢さん……っ」

身体を揺り起こされ、高沢は目覚めた。いつの間にか自分が眠りについていたことに気づかされるより前に、不意に視界の中に現れた、あまりに意外な人物に驚き、高沢は思わずその相手に問いかけてしまったのだった。

「渡辺、どうした？」

そう、高沢の身体を揺さぶって起こしたのは、この場に現れるはずのない、渡辺だった。

「高沢さんが酷い目に遭っているって聞いたんです。本当に酷いことを……でも大丈夫です。

オレが……オレが救い出します。こんな狂った空間から……っ」

「……お前、どうやって入った？」

警備は堅固で、許可を得た者しかここへは入れないはずだった。渡辺が許可されていると は思えない。まさか無理を通したのか、と案じていた高沢の心配どおりの行動を渡辺は取っ ていたようだった。

「見張りをやっつけました。さあ、ここから逃げましょう。この先のことは心配しなくても 大丈夫です。オレが……オレが絶対に、高沢さんのことは護《まも》りますから……っ」

「……渡辺、落ち着け。一体どうしたんだ？　射撃練習場はどうした？　今夜、武器を運び 出すんじゃなかったのか」

「……え？」

渡辺が不審げな顔になる。

「そうなんですか？」

「あ、いや……」

渡辺の耳にはまだ、その情報は入っていなかったらしい。察した高沢は口を閉ざしたのだ が、渡辺はかまわず喋り続けた。

「どうでもいいです。オレはただ、高沢さんを解放してあげたかった。これからはオレが高 沢さんを支えます。まだまだ未熟ではありますが、高沢さんを大切に思う気持ちは誰にも負けない自信があります。なので……なのでどうか、オレの言うことに耳を傾けてください。高沢さんにとって悪いようには絶対にしませんから……っ」

「落ち着け、渡辺。俺は別に、何も不自由を感じていない」

助け出してほしいという希望は特に抱いていない。なのになぜ、そうも熱くなっているのか、と訝《いぶか》り問いかけた高沢に向かい、渡辺が泣き出しそうな顔で訴えかけてくる。

「そんなものまで嵌められて、どうして『不自由ない』なんて言えるんです……っ」

「……っ」

渡辺の視線の先にあるのが、己が嵌めている貞操帯だということに気づいた高沢は思わず声を失った。

「さあ、逃げましょう！　オレ……オレ、高沢さんを護ります！　何があっても絶対、護ってみせますんで！」

渡辺の目の色が違う。何かに突き動かされているとしか思えない、と高沢はいつになく饒舌《じょうぜつ》な彼を見やった。

「取りあえず、これ、手枷の鍵です」

ポケットから取り出した鍵を持つ彼の指がぶるぶると震えている。

「落ち着くんだ、渡辺」

その手を握ってやりながら高沢は、渡辺と視線を合わせるべく彼の目を覗き込んだ。

「あ……」

渡辺の頬にみるみるうちに血が上り、彼の瞳が潤んでくる。

「み……見張りの、若い衆から取り上げて……その……」

高沢の視線を避け、俯いた渡辺の顔を覗き込み、高沢は尚も問いかけた。

「どうしてこんなことを？　練習場を抜け出してきたのか？　今、練習場はどんな様子なんだ？　早乙女はどうした？　このことを知っているのか？」

「………オレ……オレ……」

矢継ぎ早に問いを発した高沢の前で、渡辺の可憐な瞳に涙が盛り上がってくる。

アイドル歌手にでもなったほうが極道の世界に入るより余程向いているのでは、という可愛らしい容姿をしている渡辺が、いきなり泣きじゃくり始めたことに高沢はらしくなく動揺し、尚も彼の手を握り締めた。

「どうした？」

「オレ……オレ、高沢さんと一緒に、海外に飛びたいんですよう……っ」

だが、渡辺の口から出た突拍子もない言葉には更に驚いたせいで、大声を上げてしまったのだった。

「なにを言っている？」

意味がわからない。それが高沢の正直な胸の内だった。

「だから……っ」

渡辺の瞳から大粒の涙がぼろぼろと零《こぼ》れ落ちる。

「す……好きなんです……っ！　オレ、オレ、高沢さんのことが、好きなんですよう……っ」

そう言ったかと思うと渡辺は、高沢の手を振り払い、逆に彼を抱き締めてきた。

「おい？」

唐突な告白は高沢の理解を超えており、戸惑いが先に立ってしまっていた彼は、己をきつく抱き締める渡辺の腕から逃れることすら忘れ、呆然《ぼうぜん》としてしまっていた。

「ずっと……ずっと、好きだったんです。勿論《もちろん》、高沢さんは組長のその……愛人ですから、こんな思いは封印しとかなきゃってことくらい、わかってたんです。でも……でも、奥多摩で毎日傍《そば》で顔見てるうちに、だんだん我慢できなくなって……諦めなきゃ、諦めなきゃって自分に言い聞かせてたけど、高沢さん、普通に優しいし、オレのこと庇ってくれるし、もし……もしもオレなら、絶対に高沢さんを寂《さび》しがらせたり、泣かせたり、不安にさせたりすることはしないって、どうしても思ってしまって……っ」

「わかった……わかったから、まずは落ち着いてくれ」

このあたりでようやく高沢は、自分を取り戻すことができつつあった。

渡辺が自分に対して、何かしらの感情を抱いていることは、さすがに鈍い高沢も感じていた。が、こうも思い切った行動を取るほどとは思わなかった、と高沢は戸惑いまくりながらも、ひとまず渡辺の腕から逃れ、彼の目をじっと見つめた。

「好きです……好きなんです……」

綺麗な涙を零しながら、渡辺が高沢に告白する。

「……俺は……」

あまりに真っ直ぐな気持ちをぶつけられ、高沢はどう対処していいのか、迷ってしまっていた。

勿論、受け入れる気はなかった。渡辺のことは普通に可愛いとは思っていたが、恋愛感情はまったく抱いていない。

渡辺であれば自分などよりもっと相応しい相手がいるに違いないと思う。彼のその感情は果たして、恋愛感情なのかということにも疑問を覚えていた。

だがそれをどういう表現で伝えればいいのか、それを迷い言葉を探していた高沢は、再び渡辺に抱き締められたことでようやく思い切りをつけることができたのだった。

「あなたのためなら命など惜しくない！　櫻内組長に消されようが、少しの後悔もありません！」

「だから落ち着いてくれ。そして事情を説明してほしい。どうしてここに来た？」

何から何まで唐突すぎる。彼がこのような行動を起こすには何か理由かきっかけがあったはずだ。高沢はそう判断し、それを解明しようとしたのだが、すっかり頭に血が上っている

様子の渡辺には、なかなか話が通じなかった。

「理由はあなたを救いたかったからです。オレなら……オレならあなたをこんなふうに鎖で繋いだりしない！　そんないやらしいものを嵌めたりもしない！　オレなら……オレならあなたを、今以上に幸せにできる！　幸せにしたいんです。だからこそ、日本を飛び出し、どこか海外へ……っ」

「……俺は海外に行くつもりもないし、現状に不満も感じていない」

「不満を感じていない……？　こんな……こんな状況で？」

唖然《あぜん》とした表情で渡辺が呟くようにしてそう告げる。

「……どうして……です？　こんな酷い目に遭っているのに……？」

「酷い……だろうか」

よくわからない。首を傾げた高沢を見て、渡辺が尚も戸惑った声を上げる。

「酷いでしょう。真っ裸で鎖に繋がれている上に貞操帯まで嵌められているんですよ？　つらくないんですか？　こんな状況、高沢さんが望んだものじゃないでしょう？」

「…………」

確かに望んではいない。だがつらいかと言われると、そうは言い切れないものがあった。

それで黙り込んだ高沢に、渡辺が熱く訴えかけてくる。

「オレなんか、頼りにならないというのはわかります。でも……でも、あなたにはもっと幸せになってもらいたいんです。櫻内組長があなたを幸せにしているとは、到底オレには思えないし……っ」

「渡辺、落ち着いてくれ。確かに俺は今、情けない格好をしている。が、別に不満は覚えていない。お前に助けてもらう必要はないんだ」

「どうしてです？　この状況であなたは不幸ではないと？」

「……ああ」

頷いた高沢の目の前で、渡辺は絶望的な顔になった。

「嘘だ。不幸なはずです！　当たり前の男なら、こんな状況を受け入れられるはずがありません……っ」

「確かに……そのとおりだと思う」

渡辺が激昂《げっこう》すればするほど、自身が冷めていくことを高沢は止めることができずにいた。

「それなら……っ」

渡辺が再び、高沢の腕に縋《すが》る。

「オレと逃げてください……っ！　オレ、オレ、もう腹、括《くく》りました！　まずは香港に逃げましょう！　オレはもう、この先の人生、あなたに捧げる覚悟、できてますんで!!」

「……渡辺……」

できることなら傷つけたくはなかった。だが、こうも思い詰められているとなると、目を覚まさせるには正直に明かすしかない、と判断した結果、高沢は彼の目を見つめ、口を開いた。

「オレは、お前と共に人生を歩む気はないよ」

「……たかざわ……さん……」

その瞬間、渡辺が絶望的な顔になる。

「悪い。でも、俺は正直なところ、現状で満足しているんだ」

高沢の言葉は耳に入ってるだろうに、内容が受け入れがたいせいか、渡辺はいやいやをするように首を横に振ると、高沢に尚も縋り付いてきた。

「嘘です。あなたは、我慢しているはずです。櫻内組長の仕打ちは酷いと聞いています。現に今だって、そんな貞操帯を嵌められてるじゃないですか。あなたは騙《だま》されているんです。洗脳されてるんです。オレがその洗脳、といてみせます！　だから、さあ……っ」

渡辺の手が伸び、高沢の首に下がっていた鎖を摑む。首から外されたその鍵で貞操帯を外されそうになり、高沢は慌てて渡辺の手を押さえた。

「よせ」

「どうして……どうしてです。高沢さん……っ」

渡辺が泣きそうな顔になり、高沢の顔を覗き込む。

「俺は……我慢などしていない。洗脳もされていない。ここにいるのは……俺の意思だ」

言いながら高沢は、まさにこれが己の心情を物語る言葉だなと自覚していた。

「信じられない……こんな……惨めな……っ」

惨め、という単語に高沢は珍しく反発を覚え、渡辺を見やった。

「あ……っ。すみません……っ」

渡辺が我に返った顔になり、慌てた様子で頭を下げる。

「いや……かまわない」

首を横に振ってみせたあとに高沢は、目を伏せた渡辺の瞳を見つめ、口を開いた。

「お前から見たら『惨め』な状態かもしれないが、俺は特段、この扱いに不満を持ってはいない。お前からしたら信じられないだろうし、俺自身、こんな自分に驚いているが、ここから逃げるつもりはない。わかってほしい」

「………高沢……さん……」

渡辺の瞳がみるみるうちに潤んでくるのを眺める高沢の胸は、感じる必要のない罪悪感に痛んでいた。

「そんな……そんな……」

ぽろぽろと涙を零していた渡辺が、やがて声を上げて泣き始める。

「……渡辺……」

子供のように泣きじゃくる渡辺を持て余し、高沢は困り果てた結果、子供をあやすような気持ちで――実際彼が泣いている子供をあやしたことはほとんどないのであるが――手を伸ばし、渡辺の頭をぽんぽんと叩いた。

「……たかざわ……さん……っ」

それで涙が止まるどころか、渡辺の顔が歪み、ますます大声で泣き続ける。

「……泣き止んでくれ。頼む。話を聞かせてくれ」

高沢には渡辺から聞きたいことが山のようにあった。何より、なぜ彼が今、ここにいるのかを早急に聞きたい。練習場から彼が姿を消したら騒ぎになるだろう。しかも今日、練習場は普段の日ではない。武器庫から武器が運び出される日だ。皆が慌ただしく働いているに違いない。そんな日だからこそ、逆に抜け出しやすかったのかもしれないが、それにしても何かきっかけでもなければ、渡辺が自分を救い出そうなどとは考えないのではないだろうか。

その『きっかけ』がなんだったのか。なんだか嫌な予感がする。胸騒ぎとでもいうのだろうか。

高沢はもともと自身の勘には自信があった。殊に悪い予感ほどよく当たる。何かがおかしい。『何が』おかしいのか、すぐにも渡辺に確かめたいが、彼の涙は収まる気配を見せなかった。

「しっかりしろ」

少々苛立ってきたこともあり、高沢はそう言い、渡辺の肩を摑んで揺さぶった。

「す、すみません……っ」

それで渡辺も我に返ったようで、羞恥に顔を赤らめつつ、涙に濡れる頬を手の甲で拭う。

「まず、お前がこうも思い切った行動に出た理由を教えてもらえるか？」

「理由は……」

渡辺がちらと高沢に恨みがましい視線を向けたあとに俯き黙り込む。

「理由は？」

なぜ黙る、と重ねて問うた高沢の前で、渡辺が目を伏せたままぼそぼそと言葉を続ける。

「あなたが……心配だったんです。酷い目に遭わされていると聞いたので……」

「誰から聞いた？」

渡辺にそんな情報を与える人間は誰なのか。早乙女以外、考えられないが、早乙女がこの状況を知り得ているとも思えない。

なら誰だ——？　それを聞き出そうとしたそのとき、不意にガチャ、と扉が開く音がしたのに、高沢も、そして渡辺もはっとし、扉を振り返った。

「……あ……」

地下室内に足を踏み入れた人物が誰だかわかった瞬間、渡辺は絶望的な顔となり、その場でがたがたと震え始めた。

「…………組長……」

高沢の口からその言葉が漏れた途端、渡辺は再度泣きそうな顔になった。

「見張りが倒れていたからてっきり、連れ出しているものと思っていた。仕事が遅すぎるぞ、渡辺」

「あ……あ……」

にっこり。黒曜石のごとき美しい瞳を細め、微笑む櫻内を前に、渡辺は真っ青を通り越し、真っ白な顔になり唇を震わせている。

「……組長、違うんです」

顔は笑っていたが、櫻内の目は厳しく渡辺を見据えていた。

殺しかねない。察した高沢は咄嗟《とっさ》に渡辺を庇ったのだが、それが櫻内の怒りをより買うことになるとまでは予測できなかった。

「違う？　何が」

今や櫻内の顔に、笑みはなくなっていた。憮然とした表情で問いかけてきた彼に高沢はなんと答えればいいのか迷い、一瞬言葉を失った。

「違いません……っ！　オレ、オレ、なんでも罰を受けます……っ」

と、横から高沢を庇おうとしたらしい渡辺が口を出してきて、黙っていろ、と高沢は思わず彼を見やった。

「罰だと？」

櫻内が不快そうな表情のまま、渡辺を振り返る。

「は、はい。指、詰めろというのなら詰めますし、腹斬《き》れっていうなら斬ります。死にます。でも……でも……っ」

思い詰めた顔をした渡辺が櫻内に何かを訴えようとしている。彼の言葉を止めねば、と思ったのはまさに高沢の勘だった。これ以上渡辺に喋らすと櫻内の怒りを抑えきることができなくなる。その予感から高沢は、

「もう黙れ！」

と渡辺に命じたあと、櫻内に訴えかけた。

「許してやってほしい。こいつは誰かにそそのかされただけだ」

「…………」

櫻内がまじまじと高沢を見つめたあとに、やれやれというように溜め息を漏らす。

「……お前は、俺の機嫌を取ろうとはまるで思わないんだな」

「……え？」

最初意味がわからず、問い返した高沢の前で、再び櫻内がやれやれ、と溜め息を漏らし首を横に振る。

「人のフォローをしている場合か、と言うことだ」

「あ……」

確かにそのとおり。納得するしかない指摘を受け、高沢は思わず声を失った。自分こそが櫻内の不興を買ったがためにこうして閉じ込められているというのに、と思うも、それなら自分をどうフォローすればいいのかと迷っていた高沢の前で、櫻内はなぜだか苦笑としかいいようのない笑みを浮かべ、くい、と顎をしゃくってみせた。

「行くぞ」

「……どこへ?」

問うた直後に高沢は行き先に思い当たり、その場所を口にした。

「射撃練習場か?」

「そうだ」

短く答えた櫻内が厳しい目を渡辺に向ける。

「何を愚図愚図している。手枷の鍵はお前が持っているんだろう」

「は、はい……っ」

相変わらず渡辺はテンパりまくっていた。慌てて返事をするも、櫻内が何を言ったのか理解が追いつかないようで、ただおろおろしている。

「貸せ」

舌打ちした櫻内が渡辺の手から鍵を奪い取る。弾みで渡辺はその場で尻餅《しりもち》をついたのだが、腰が抜けたのか立ち上がれないようだった。

その間に櫻内は高沢の手枷の鍵を外すと、開いたままになっていた扉に向かい、

「おい」

と声をかけた。

すかさず若い衆がやってきたが、彼の手には高沢の服があった。

「ほら」

櫻内が若い衆の手から高沢のシャツやジーンズを一式受けとると、手渡して寄越す。

「早くしろ」

「……わかった」

頷き、手早く服を着ながら高沢は未だにへたり込んでいる渡辺を見やった。

「……あ……」

渡辺が泣きそうな目で高沢を見返す。

子犬のようだ。縋り付く眼差し《まなざ》というのはこういうのを言うのだろう。大丈夫だろうか、と心配になり高沢が声をかけようとするより前に、櫻内が若い衆に指示を与えていた。

「こいつは置いていく。指を詰めるだの馬鹿なことを言っていたが、半端なことをされても迷惑だ。これでここに繋いでおけ」

そう言い、櫻内が手枷の鍵を投げる。

「か、かしこまりやした……っ」

若い衆は戸惑ってはいたが、組長命令には従うものという頭があるらしく、手枷を摑み渡辺へと向かっていった。

「た、高沢さん……っ」

渡辺が細い声で高沢に呼びかけてくる。

「待っていろ。馬鹿な真似をするんじゃないぞ」

とはいえ、地下室内に刃物はないので、指を詰めるようなことはしたくてもできないだろうが。そう思いながら声をかけた高沢の腰に櫻内の腕が回る。

「行くぞ」

先ほどより更に不機嫌に感じる声音に、高沢の胸が変にざわつく。

櫻内の機嫌は間違いなく悪い。なのに自分を伴い、射撃練習場に行こうとしている。行った先では何が待ち受けているのか。武器の運び出しにかかわることだろうか。しかしそれと自分になんの関係が？

少しも予想できないだけに、不安は増すばかりであるが、それでも高沢は己の腰にしっかりと回された櫻内の力強い腕の感触に、どこか安堵している自分を感じていた。

5

神部《かんべ》の運転する車で奥多摩に向かう道中、櫻内は一言も口を開かなかった。自分から話しかけることはできず、高沢も口を閉ざしていたのだが、櫻内が今、何を考えているのかはやはり気になり、ちらちらと横顔を伺ってしまっていた。

視線が煩《うるさ》くなったのか、櫻内がふっと顔を背ける。おかげで彼の美しい顔が車窓に映ることとなり、高沢はその美貌を横目で眺め続けた。

いつもであれば——監禁されるより前に、こうして車で移動するときには常に、櫻内は高沢の身体に悪戯《いたずら》をしかけてきたものだった。

よせ、と何度押し戻しても、股間《こかん》に彼の手が伸びてくる。運転手や助手席に座る組員たちの目を高沢が気にし、喘ぐ声を抑えるのが面白い、と櫻内はよく言っていたが、今、彼の手が高沢に伸びることはなかった。

伸びたとしても、服を身につけるのに急いでいたせいもあり、また、下着が用意されてもいなかったので、高沢はジーンズの下に貞操帯を嵌めたままだった。鍵は相変わらず首に下がっているが、それもシャツの下である。

もしも今、自分が櫻内の身体に手を伸ばしたとしたら、彼はどんなリアクションを見せるだろう。否定的な場面しか想像できないため、高沢は実行する勇気を持つことができなかった。

それで高沢はガラスに映る櫻内の顔から目を逸らせ、数刻前、突然目の前で起こったあれこれを思い返すことにした。

ほんの数分の間の出来事だったとはいえ、何から何まで驚きの展開だった。渡辺の突然の来訪、そして告白。彼は何に駆り立てられてやって来たというのだろう。

渡辺が自分に好意を抱いていることは、鈍いといわれる高沢でもさすがに気づいていた。が、行動に起こすとは考えていなかった。

渡辺は見るからに小心者である。その彼があああも大それたことをしでかしたのには、それなりの理由があるはずだ。その『理由』とはなんだろう。考えたが一つも『これ』というものを思いつかない。

誰かに焚《た》きつけられたというのが一番ありそうだが、その『誰か』が思いつかないのだ、と高沢は密かに溜め息を漏らした。

櫻内の登場も意外だった。偶然なのだろうか。それとも渡辺の行動を見越してのものだったのか。

今夜、櫻内は風間と飲んでいるのではなかったか。百合子の店で飲もうと、風間が誘っていたはずである。

なのになぜ、彼はここにいるのだろう。気づけば高沢の視線は再び櫻内へと向かってしまっていた。

「神部」

と、そのとき櫻内の声が車内に響く。

「はい」

緊張した声音で返事をした運転手、神部に櫻内が問いを発した。

「あとどのくらいで着く？」

「四十分ほどかと」

神部の声に緊張が張っている。やはり何かあるのか。いや、しかしいつも神部は櫻内と話すときには緊張しているか、と高沢が思い直したそのとき、不意に膝《ひざ》の上に慣れ親しんだ重さを覚え、はっとして目をやった彼は、驚きから思わず息を呑んだ。

「これは……」

高沢の膝の上には銃が——彼愛用の、ニューナンブが置かれていた。どう考えてもこれを置いたのは、と隣に座る櫻内を見やる。

「到着まで寝る。警護を頼む」

櫻内は相変わらず、窓のほうを向いていた。身を乗り出して見やった先、車窓に映る櫻内は既に目を閉じていた。

長い睫《まつげ》の影まで映っている気がし、まじまじとその像を眺め続けていた高沢は、櫻内が眉を顰《ひそ》めたのに気づき、慌てて乗り出していた身をもとに戻すと、銃を握り直した。

ああ。撃ちたい。

銃身を擦るうちに高沢は、幻の硝煙の匂いを嗅いでいた。

練習場では組員たちの指導という名目で、毎日のように銃を撃てていた。ある意味、恵まれすぎていた環境だった。松濤へと連れ戻され、地下室に全裸で拉致されていたという、自分の今まで置かれていた状況の異常さに今更気づかされた高沢の口から溜め息が漏れかけた。が、その音が櫻内の眠りの妨げになってはならないと慌てて唇を噛み堪える。

銃を渡されたということは、櫻内は今、自分をボディガードとして扱っているということだろう。これもまた今更の理解ではあるが、と心の中で呟いた高沢の頬にいつしか笑みが浮かんでいた。

愛人で居続けられる自信はまるでない。だが、ボディガードを続ける自信はあった。

射撃の腕なら誰にも負けない自負がある。その自負は今まで積み上げてきた経験に裏打ちされたものである。経験が根拠となるものは『自信』に繋がるのだな、と納得したものの、『愛人』として積んできた経験はなぜか、自信にはなり得ない不可思議に高沢は一人首を傾げた。

櫻内に求められた回数はどれほどになるのか。数えたことはないが膨大な数であることはあきらかであり、なぜそれが『自信』に繋がらないのか、自分でも理解できない。

いわばそれは、己の実力とは関係ないところにあるからか、と高沢は手の中の銃を見やった。

射撃なら、実際出ることはなかったものの、オリンピック選手候補に上ったことがある。それは自分の実力であると自身でも認めることができるが、櫻内の閨の相手としての『実力』があるかとなると、首を傾げざるを得ないのだった。

誘われるという行為自体が受動的なものだからだろうか、とも思うが、それでも『誘われた』のは事実なのであるから、自信に結びついてもよさそうである。

それが少しも確固たる『自信』に繋がらない理由を考え、高沢はすぐにその答えを見つけた。

要は——愛人としての自分に自信が持てないのだ。何を以《もっ》てしても。

櫻内の愛人になりたい人間はごまんといる。自分より容姿の秀でた者はその大多数だろうし、性戯においても同じだろう。

そんな中で自信を持てるわけがないのだ。察したと同時に高沢は、果たして自分は自信を持ちたいのだろうか、という考えに改めて至り、どうだろう、とまたも首を傾げた。

愛人にはなりたくてなったわけではない。だがもしも、愛人はもう今日で終わりだ、これから先はボディガードとしてのみ働いてほしいということになったら、果たして自分はどう感じ、どう行動するのだろう。

安堵するのか。もともと男に抱かれることに対しては抵抗があった。そもそも自分はゲイではない。

だが、もう抱かれなくていいとなったとき、自分の胸に訪れる感情は『安堵』ではないとしか高沢には思えなくなっていた。

では何か。

喪失感。もしくは虚脱感。

そして、おそらく――嫉妬。

自分のあとに櫻内の寵愛《ちょうあい》を受けるようになった相手に対し、果たして自分が冷静でいられるか否かについては、高沢にはまるで想像できなかった。

それこそ自信がない。酷く取り乱す予感がする。だが、自分がなぜそうも取り乱すのか、その理由は今一つ、高沢の頭に浮かばなかった。愛人の座は失っても、ボディガードとして務め続けることができるのであれば、食いはぐれる心配はない。

なのになぜ、取り乱すと思うのか。

理由は一つしかない。自分は櫻内の愛人で居続けたいと願っている。それゆえだろう。

察した高沢はまたも漏れそうになる溜め息を、唇を嚙むことで堪えた。

受け入れがたい思考ではある。だが、間違ってはいない気がした。

櫻内の愛人で居続けたい。そのことに理由はあるのか。贅沢《ぜいたく》な生活を送れるから、という理由には迷いなく、違う、と首を横に振れたが、閨での行為を好ましく思っているから、という理由には、違う、と否定しきることができなくて、それはそれで高沢をいたたまれない思いに陥らせた。

自分が櫻内の腕を欲していることを認めるのは躊躇《ためら》われる。だが欲していなければ愛人で居続けたいとは考えないだろう。

身も心も——既に自分の管理する状態にないのかもしれない。

高沢が導き出した結論は『それ』だった。

管理し、支配しているのは——間違いなく、彼だ。

銃を手にした高沢が視線を向けた先には、櫻内の殆ど見えない横顔があった。

身を乗り出し、車窓に映る彼の美しい顔を眺めたい衝動を抑え込み、高沢は視線を無理矢理、己の手の中にある銃へと向けた。

この銃さえあれば、満たされていたはずだった。いつの頃から自分は『それ以外』を求めるようになったのだろうか。

「…………」

わからない。

まるで理解できない感情が己の胸の中で渦巻いている。普通に考えれば、不可解であるとか、不快であるとか思いそうなものであるのに、なぜかそのとき高沢の胸に溢れていたのは、諦観《ていかん》としかいいようのない、穏やかな感情だった。

櫻内と高沢を乗せた車は間もなく奥多摩の射撃練習場に到着しようとしていた。

「……あ……」

フロントガラスの向こう、射撃練習場の正門が現れることを予想しつつ眺めていた高沢の口から思わず声が漏れたのは、紅色に染まる空を見たせいだった。

「組長」

運転手の神部が焦った様子で櫻内に呼びかける。

「どうした」

それまで目を閉じていた櫻内が、パチ、と目を開き神部に問いかけた。

「その……燃えています。射撃練習場が……っ」

やはりそうか。息を呑んだ高沢の横では、櫻内はごく冷静に、

「そうか」

とだけ答え、再び目を閉じてしまった。

「あ、あの、組長……」

なぜにそうも落ち着いているのか。もしや自分の言葉の意味を理解していないのでは。神部の心理は高沢には痛いほどに理解できた。

なので櫻内がさも煩《うるさ》そうに、

「いいから、エントランスにつけてくれ」

と告げた言葉には思わず、

「それでいいのか？」

と確認を取ってしまった。

「ああ」

櫻内が頷き、再び目を閉じる。

「…………」

それを聞き高沢はバックミラー越しに神部と目を合わせ、首を傾げてしまっていた。

どういうことなのだろう。櫻内が寝ぼけているとは思いがたい。となると彼は、射撃練習場への襲撃を予想していたということになるが、果たしてそれは正しいのか。

「……組長」

それを確かめたくなり、高沢は櫻内に声をかけたが、櫻内の閉じた目は開かなかった。

練習場に近づくにつれ、炎は広大な敷地内の、まさに『練習場』の建物から上がっていることがわかってきた。

エントランスは練習場からは少し距離があるため、外観にそう変わりはなく、火災の影響は殆ど受けていないといってよかった。

「組長」

神部が車を停めると櫻内は彼が後部シートのドアを開けるのを待たず、自分でドアを開き車を降り立った。慌てる神部の声を背に、高沢もまた車を降りる。

「お前はここで待機しろ。火が回ってきたら退避するように」

櫻内は肩越しに神部を振り返り、そう告げると、視線を高沢へと向け口を開いた。

「行くぞ」

「……わかった」

櫻内は笑っていた。楽しげにすら見えるその微笑の意図はよくわからなかったものの、櫻内からはボディガード役を先ほど任命されていたため、同行しないという選択肢はなく、高沢は足早に中へと進んでいく彼のあとに続いた。

「……っ」

練習場内は荒れていた。何者かの攻撃を受けたことがありありとわかる惨状に、高沢は声を失い、ただただ周囲を見渡していた。

練習場内には少なくとも十名は組員がいたはずである。今日、武器が運び出されるということなら更に大勢の人間が待機していたことだろう。

だが、建物内は破壊されてはいたものの、倒れている人間の姿は敵も味方も一人もいなかった。

どういうことなのだろう——まるでもぬけの殻状態のところを襲われたようだが、と首を傾げていた高沢だったが、櫻内が向かおうとしている方向には疑問を覚え、その背に確認を取った。

「練習場に行くわけじゃないのか？」

「練習場？　なんのために？　消火活動でもする気か？」

櫻内が答えるのも面倒、といった表情となり、高沢を見る。

「……なら、どこへ？」

確かにこの分では射撃練習場は既に火の海だろう。たった二人で火を消せるわけもないが、それなら櫻内はどこに行くつもりなのか。

彼の向かう先には露天風呂がある。まさか露天に？　こんなときになぜ風呂になど、と思いはしたものの、それこそ問うことすら憚《はばか》られ、高沢は無言で足を速める櫻内のあとに続いた。

櫻内は風呂のある建物には入らず、建物の裏手へと向かった。そこからは先は崖《がけ》になる。が、櫻内はその崖の急斜面を下っていった。

「……え？」

ますます意図がわからない、と首を傾げながらも高沢も足元に気をつけつつ崖を下ること数メートル、櫻内が足を止めたところは生い茂っていた木の枝で覆われていたが、櫻内がその枝を手でおしやるとそこに鉄の扉が現れた。

「……っ」

扉の横にはやはりシダに覆われた掌サイズのセンサーがあり、櫻内がそこに手を翳《かざ》すとガチャ、と扉が開いた。

ここが武器庫か——いかにも隠された感のある入口を前に、高沢は思わずごくりと唾《つば》を飲み込んだ。櫻内は少しも構えることなく中へと足を踏み入れる。

「組長」

もしもここが武器庫であるのなら、もっと用心したほうがいいのではないか。そう思いはしたものの、高沢は以前、櫻内と風間の間で交わされた会話を思い出した。

武器庫の鍵を開けられるのは、櫻内と三室のみとなる。指紋認証だか掌紋認証だかが必要であるが、すでに三室のデータはコンピューターから削除されているという。

とすれば今現在この武器庫を開けることができるのは櫻内のみとなる。だからこその不用心さなのだろうが、普段の櫻内ならここまで無防備ではない気がする。

何か他に意図が、と、緊張感を高めていた高沢だったが、櫻内が真っ直ぐに奥へと進み、突きあたりにあった扉に手をかけようとしたのを見て、妙な胸騒ぎを覚え、櫻内の背に声をかけた。

「待ってくれ。俺が行く」

「…………」

櫻内はちらと高沢を振り返ったものの、そのまま扉を押しやった。ギィ、と音を立てて扉が開く。

櫻内は扉を開け放したまま、中に入ろうとせずその場に立ち尽くしていた。なぜ入らないのかと高沢は櫻内の背後から中を見やり、驚きのあまり彼らしくなく大声を上げてしまったのだった。

「ない……っ！」

目の前に開けていたのは、ただがらんとした空間だった。目に映るのはコンクリートの壁、天井、床のみで、中には何もない。

ここが武器庫であったのだろう。天井の明かりが何もない空間を寒々しく照らし出していた。

櫻内は中が空であることを高沢に見せたあと、やにわに倉庫内に足を踏み入れた。ただ呆然としていた高沢も慌てて彼のあとを追う。

倉庫の奥には扉があった。少し開いているその扉に向かっていく櫻内の歩調に迷いはない。

だがその扉の向こうにこそ、危機感を煽られる何かがある。高沢は一瞬迷ったが、すぐに迷いを振り切り、櫻内の前へと出ようとした。

「案ずるな」

だが気配を察したらしい櫻内は、さっと右手を出して高沢の足を止めさせた。

「しかし……」

「黙って見ていろ」

櫻内は高沢を見ようともせずそう言うと、更に足を速め、扉へと向かった。高沢も小走りになり櫻内のあとに続いた。

しかし広い倉庫である。さすが菱沼組の武器庫。どれほどの武器が収められていたことだろう。想像することすらできない、と考えていた高沢は同時に、その武器は果たしてどこにあるのかという当然の疑問をも覚えていた。

まさか持ち去られたのか。だがそうであるのなら、櫻内が少しは打撃を受けていてもよさそうなものである。

運び出されるのは今夜のはずだった。それが今ないということは、何者かに奪われたとしか考えられない。しかも射撃練習場はほぼ破壊された上で火も放たれている。

どう考えても攻撃されているだろう。だがその割りには櫻内は落ち着き払っている。

わけがわからない。その一言に尽きた。もしや平静さを保っているように見えて、実は内心、焦っているのかもしれない。

しかしそれはいかにも櫻内らしくない。それでは彼『らしい』という行動は、心理はなんなのか。

思いつくことが何もないのが情けない。我知らぬうちに唇を噛んでしまっていたことに高沢が気づいたそのとき、櫻内は扉の前に到着した。

つ、と櫻内の手が伸び、扉を押しやる。そこは武器庫の続きのようで、本当にどれだけ広いんだか、と高沢が感心したそのとき、櫻内がようやく口を開いた。

「当てが外れたか」

「……え……?」

一体誰に向かって言っているのか。笑いを含んだその、優しげといってもいい声音と言葉の内容に違和感を覚え、高沢は明かりの灯《とも》っていない次の間にいる人物のシルエットに対し、目を凝らした。

室内には一人の人物が立ち尽くしていた。櫻内の声を聞き、長身のシルエットがびく、と肩を震わせる。

誰だ——?

見覚えはある。だがなぜか拒絶感がある。どうして、と高沢が首を傾げた瞬間、その人物が口を開き、誰であるかを高沢に理解させたのだった。

「玲二、驚いた。これは一体どういうことなんだ？」

次の間の奥にいたその男が——風間がゆっくりと櫻内に歩み寄ってくるさまを、高沢は半ば呆然としたまま見つめていた。

「奪われてしまったんだろうか。我々の武器が。俺が来たときにはもう、もぬけの殻だった。練習場は火の海だし、いよいよ台湾マフィアにやられたってことなのか？」

「……台湾じゃないよな。大陸のはずだ」

櫻内がそんな風間に、笑顔のまま声をかけた。

「…………」

風間の足がぴたりと止まる。ドアを開け放っているので、今通ってきた部屋の明かりが多少は入ってくるがゆえ、風間の表情はぎりぎり高沢にも見て取れた。

櫻内の今の言葉を聞き、風間がぎょっとしたように目を見開いた。その顔は今まで高沢が見たことがないような動揺露わなものだった。

「なに？　わかったの？　さすがだな」

しかしその表情は一瞬にして風間の美貌から退いていき、より明るいところにまで歩み寄ってきたときには輝くばかりの彼の美貌はいつものような余裕の笑みに綻んでいた。

「大陸マフィアなんだ。ここから武器を運びだしたのは」

「いや」

櫻内もまた、にっこりとそれは華麗に微笑み、ゆっくりと首を横に振る。

「違うのか？」

風間が驚いたように目を見開く。

わざとらしいような——ますます生じる違和感を持て余していた高沢の前で櫻内が再び口を開く。

「武器はなかった……そうだろう？」

「え？　ああ。なかった。驚いたよ。どうやってここの鍵を開けたんだろう。ここを開けられるのは玲二と三室だけなんだろう？　ああ、そうか。三室が手引きしたのか」

「いや。三室の掌紋では既にここに入ることはできない。データを修正したからな」

「そのデータの上書きを行ったんじゃないか？　練習場のありとあらゆることを彼は熟知していたんだろう？　抜け道を既に用意していたんじゃないのか？」

「……かもな」

眉を顰め、吐き捨てる風間に対する櫻内の態度は、いつもどおりではあった。くすりと笑い、肩を竦めている。いつもどおりではあるが、だがなんともいえない違和感は残る。なんだろう、その正体は、と内心首を傾げていた高沢の前で、櫻内と風間の会話は続いていった。

「すぐにも三室の行方を捜そう。玲二、どうして彼を野放しに？　普段のお前なら殺していただろうに」

「……あの傷だ。今頃のたれ死んでいるだろう」

「やっぱり信じられないな。どうした？　玲二はそんな、他力本願じゃなかっただろう？　三室は殺すべきだった。なぜ、命を与えたんだ？　もしや高沢君に懇願されたから……とか？」

「馬鹿馬鹿しい」

櫻内が苦笑しつつ吐き捨てる。

「馬鹿馬鹿しくはないよ。菱沼組の武器庫だぜ？　どんな手を使ってでも中身が欲しいと思っている団体がどれだけあることか。きっと奴はその武器を土産に台湾マフィアか……ああ、失敬、大陸マフィアに向かったんだよ。まったくもって腹立たしいな」

次第に風間は興奮してきている様子だった。彼の白皙の頬に血が上っている。

美しいな——我ながら呑気《のんき》だと呆れてしまいながらも高沢は風間の紅潮する頬を、怒りのあまり潤み始めた瞳を見つめてしまっていた。

櫻内は何も言わない。もしや彼も見惚れているのでは、と高沢が傍らの櫻内を見やる。

「…………」

想像どおり、櫻内はじっと風間を見つめていた。こちらは少しも興奮した様子を見せず、その整った顔はまるで彫像のように表情がぴくりとも動かない。

動かないというより『表情がない』といった表現のほうが正しいか、と尚も櫻内の横顔を見つめていた高沢に、風間が話しかけてくる。

「高沢君、君にも責任があるよ。三室の命乞いをしたんだろう？」

「あ……はい」

不意の問いかけに答えを考える余裕を持たず、高沢は反射的に頷いてしまった。その瞬間風間の顔がさっと変わったのを高沢は見逃さなかった。

鬼のような顔だった。眦《まなじり》がつり上がり、瞳が強い怒りに燃えている。だがその表情は一瞬で、すぐに風間は、

「だからだよ」

と頷いたが、そのときの彼の顔は笑っていた。

「そんなことじゃないかと思った。玲二も愛人の君には甘いから」

やれやれ、といわんばかりに肩を竦め揶揄してくる。だが彼の目は少しも笑っていない。妙な緊張感が周囲に漲っていることに高沢が気づいたそのとき、櫻内がようやく口を開いた。

「茶番はそれまでだ」

「茶番？」

風間が驚いたように目を見開く。だが彼の目は少しも驚いていない。それがわかったときには高沢の手が動いていた。

「何を言ってるんだ、玲二」

風間が櫻内に笑いかける。次の瞬間風間の手が自身の懐へと向かったのを見て高沢は、己

の勘が当たったことを確信した。

「危ない！」

櫻内の前に立ち、既に握っていた銃を構える。風間もまた銃を取り出していたが、彼の手が引き金にかかるより前に高沢のほうが引き金を引いていた。

バァ……ン
コンクリートの壁に銃声がこだまする。

「う……」

高沢の撃った弾《たま》は正確に風間の右肩を撃ち抜いていた。風間が握っていた銃が床に落ちる。その銃を拾おうと高沢が足を踏み出した直後に、大勢の人間の足音が背後から聞こえてきた。

「組長！」

聞き覚えのある声。早乙女か、と高沢が察したときには彼を先頭に、練習場に詰めていた組員たちが室内に駆け込んできて、三人を取り囲んだ。

「……なんだ、罠か」

血が流れる右肩を押さえながら、風間が唇を歪めるようにして笑う。

「連れていけ」

櫻内はそんな彼には何も言葉をかけず、傍らに直立不動状態で立っていた早乙女に短く命じると、踵《きびす》を返した。

「へ、へい……」

早乙女が慌てた様子で風間に駆け寄ろうとする。その前に彼はちらと高沢を見やり、何か言いたげな顔になったが、すぐに声を潜めると、

「組長を一人にすんなや」

と短い叱責《しっせき》の言葉をかけ、ほら、というように目で櫻内の背を示した。それで高沢は我に返り、櫻内のあとに続いたのだが、櫻内はそんな彼を肩越しに振り返りはしたものの何も言わず、無言で足を進めた。

聞きたいことは山のようにある。だが今聞いたところで櫻内は答えまい。彼の背が自分の言葉を拒絶しているのがわかる高沢の口から思わず溜め息が漏れそうになる。

なぜ自分がそうも耐えがたい思いを抱いているのか。自身の心理がわからずにいた高沢だったが、それはどのような形であれ櫻内から『拒絶』された経験がそうないためだということに彼が気づくことはなかった。

6

車寄せでは神部《かんべ》が所在なさげな様子で車を背に待っていたが、櫻内《さくらうち》の姿を認めるとはっとした顔になり、すぐさま後部シートのドアを開いた。

高沢《たかざわ》も反対側のドアを自分で開き乗り込んだのだが、振り返ったとき、あれだけ燃えさかっていた火がすっかり消えているのに気づき、いつの間にか消火活動が行われていたことに驚きを新たにした。

『……なんだ、罠《わな》か』

苦笑し呟《つぶや》いた風間《かざま》の声が、歪《ゆが》んだその口元が高沢の脳裏に蘇《よみがえ》る。

罠——風間への罠、ということは。

あのとき風間の身体《からだ》から一気に殺気が立ち上るのを、確かに高沢は感じた。それゆえ引き金を引いたのだが、そもそも風間が櫻内に対して殺意を抱《いだ》いていたという状況は、今更ではあるものの、どうにも理解ができなかった。

もし思考力が働いていたら、まさか、と己の勘を信じられずにいただろう。

本当に風間は櫻内を裏切っていたのか。あれほど親密そうだったのはすべて演技だったというのだろうか。

そして櫻内は——？　櫻内は風間の裏切りに気づいていた、ということなのだろうか。

ただでさえ考察することをそう得意とはしていない高沢にとって、一連の出来事から真実を究明するのは至難の業といえた。何しろ材料が少なすぎる。

まず、確かめたいのは風間の裏切りが事実であるか否《いな》かということと、それを櫻内がどの時点で、どこまで認識していたかということだ、と高沢は傍らに座る櫻内を見やった。

「………」

櫻内は目を閉じてはいたが、眠ってはいなそうだった。車に乗り込んだあと、神部に対し『帰る』と言ったきり目を閉じ、一言も発していない櫻内の端整な横顔を高沢は暫《しば》し眺めていたが、やがて、話しかけるのを諦《あきら》め視線を逸《そ》らせた。

反対側の車窓を見やる。街灯のほぼない道を走っている今、窓ガラスの外は真っ暗で何も見えなかった。自分の顔が映るのみではあったが、高沢は薄く映る自分の影越しに真っ暗な外を眺め続けた。

同じ姿勢がつらくなり、少し身体を動かしたとき、ふわっと硝煙《しょうえん》の匂《にお》いが立ち上った気がし、高沢はゆっくりと目を閉じた。

何日ぶりに銃を手にしたのだったか。腕はまだなまっていなくてほっとした。撃ち抜こうと思った場所から数ミリでもずれていたら気にするところだったが、まだ感覚は鈍っていなかったようだ。

撃ったときに覚えるあのずしりとした手応《てごた》え。ああ、もっと撃ちたい――いつしかうっとりとその感触を思い出していた高沢は、ふと我に返りなんともいえない気持ちに陥った。

的を撃ったわけではない。人を撃ったのだ。狙《ねら》いどおりに撃てたとはいえ、動かぬ的を撃つのとは話が違う。もし風間が予想と違う動きを見せたら、命を奪っていたかもしれないのである。

撃ちたい、ではないだろう。己を縛《いまし》めていた高沢は、横で、くす、と笑う声がしたのにはっとし、視線をその声の主へと――櫻内へと向けた。

「いいんだ、それで」

櫻内は目を閉じたままだった。が、そう告げた彼の口元は笑みに綻《ほころ》んでいた。

「…………」

寝言ではないことはわかる。独り言でもないだろう。今のは確かに自分にかけられた言葉だという確信が高沢にはあったが、彼が何を『いい』と言ったのかが理解できているかについては自信がなかった。

櫻内は自分の頭の中が覗《のぞ》けるのだろうか。だとしたら今の『いいんだ』は、人を撃ったことなど気にしなくてもいい、という意味にとれる。

もともと射撃の腕を買われ、外注のボディガードとなったのだ。人を撃つことをいちいち気にしているようでは仕事にならないではないか。

そういうことなんだろうか。首を傾《かし》げながらも高沢は再び視線を何も見えない窓の外へと移した。

警察にいる間も、拳銃を発射したことは何度もあった。銃を抜きすぎだと上司から指摘されたことは一度や二度ではないが、高沢としては一度たりとも必要のない発砲をした自覚はなかった。

自分が銃を抜いていなければ、間違いなく被害者が出ていた。毎度、そう確信して引き金を引いていたが、もしやあの頃から発砲の際のあの感触を得たいがために撃っていたのだろうか。

いや——それは違う。一人首を横に振る高沢の耳に、くす、と笑う櫻内の声がまた響いてくる。

やはり櫻内には自分の頭の中を覗く力があるのかもしれない。

何を迷っているんだか。馬鹿者《ばかもの》が——あの笑いはそんな櫻内の心情が込められているのではないかと思う高沢の口元にはいつしか笑みが浮かんでいた。

笑っている。ウインドウに映る自身の顔を見つめる高沢の周囲にまた、硝煙の匂いが立ち込める。

幻のその匂いに包まれ、再び発砲の際の銃の重みを思い出す。またもや高沢の胸に、銃を撃ちたい、という欲求が沸き起こったものの、そのことに対し、高沢がなんら後ろめたい気持ちを抱《いだ》くことは最早なかった。

車は都内を疾走し、一時間ほどで松濤《しょうとう》の自宅に到着した。車寄せには若い衆が出迎えに出ており、停車と同時に車に駆け寄ってきた彼らが後部シートのドアを開いてくれた。

櫻内が降り立ち、同じく逆のドアから降り立った高沢を振り返る。

「行くぞ」

「……あ、はい」

ついて来いというように顎《あご》をしゃくられ、高沢は頷《うなず》きはしたが、行き先はどこになるのかということについては皆目見当がつかなかった。

また地下室に繋《つな》がれるのだろうか。その可能性は高いと高沢が判断したのは、未《いま》だに櫻内の口から『許す』といった言葉が発せられてはいないためだった。

それ以前の問題として、自分が櫻内に謝罪をしてもいない。順序としてはこちらの謝罪のほうが先だが、何から謝ればいいだろう、と高沢が考えている間に櫻内は玄関を入り、エレベーターへと向かっていった。

彼の押すボタンは上か下か。櫻内の指先を見守っていた高沢は、その櫻内に振り返られ、慌てて目を逸らせた。

「……」

ふっと櫻内が笑い、ボタンが押される。扉が開き、櫻内が乗り込む。続いて高沢が乗ったあとに扉は閉まり、エレベーターが動いたが、一瞬、上に向かっているのか下に向かっているのかわからず、高沢は箱内で櫻内が押したエレベーターのボタンを見やった。

櫻内が押したのは三階のボタンだった。ボタンが点灯している三階に彼の寝室はある。あっという間に到着したその階の扉が開き、櫻内が降り立つ。高沢は一瞬迷ったものの、櫻内が足を止めるより前に彼もまた続いて箱を降り、櫻内のすぐ後ろを歩き始めた。

櫻内は無言のまま寝室へと進み、ドアを開いた。そのまま中に入るのかと思っていると足を止め、高沢を振り返る。

先に入れ、というように目で中を示され、高沢は一瞬、どうしたらいいのかと迷ったものの、櫻内の表情が厳しくなりかけたことに気づき、室内に足を踏み入れた。

バタン。

背後で扉が閉まる。反射的に振り返った高沢の目に、ドアを背にした櫻内の黒い瞳《ひとみ》が飛び込んできた。

「……あ……」

その瞳は柔らかな光を湛《たた》えてはいなかった。厳しい眼差《まなざ》しに射貫《いぬ》かれ、高沢はその場に立ち尽くすしかなくなった。

「どうしたい？」

高沢を見据える——というより睨《にら》みながら、櫻内が問いを発する。

「……え……？」

何を『どうしたい』と答えればいいのか。問いの意味が理解できず、高沢は思わず問い返してしまった。

「ボディガードを続ける気はあるのか？」

櫻内が少し苛立《いらだ》った顔になり、そう問いかけてきた。

「はい」

即答したあと高沢は逆に櫻内に思わず問い返していた。

「いいのか？　続けても」

「俺がいつ、お前のクビを切ると言った？」

ますます不機嫌そうになった櫻内にそう言われ、高沢はつい、首を傾げてしまったのだった。

「なんだ」

櫻内がゆっくりと高沢に近づいてくる。

「……いや……選択権が俺にあったとは思っていなかったので」

なんとなく一歩下がってしまった高沢の腕を、櫻内が乱暴に摑《つか》んだ。

「よく言うよ。オノレの贖罪《しょくざい》に人を体よく付き合わせておいて」

「……っ」

口調も内容も不機嫌そのものではあったが、ぐい、と高沢の腕を引いた櫻内の顔には笑みがあった。

「さすがにもう、気がすんだろう。違うか？」

言いながら櫻内が高沢の身体を押しやり、そのままベッドに突き倒す。どさりと背中から倒れこんだ高沢は、覆《おお》い被《かぶ》さってくることなく自分を見下ろしていた櫻内を真《ま》っ直《す》ぐに見上げた。

「気はすんだか？　と聞いたんだ」

櫻内が再度、問いかけてくる。どう答えようかと高沢が迷っていると、櫻内はやれやれ、というように溜《た》め息を漏らした。

「……どうだろう」

櫻内の言いたいことは当然ながら高沢にも理解できた。だが自身の気持ちは理解できていなかった。

実際のところ、どうなのだろう。自分は櫻内を贖罪に利用していたのか。していないとはいえないが、しているとと断言するとそれはそれで嘘《うそ》になる。

だが意識して利用していたわけでは、と思いつつも首を傾げた高沢を見て、櫻内はまた、やれやれ、というようにあからさまな溜め息を漏らしてみせると、

「お前、そんなに面倒な男だったか？」

そう問いながらゆっくりと覆い被さってきた。

ベッドに膝《ひざ》をつき、高沢のシャツのボタンを外していく。自分で脱いだほうがいいのかという考えが一瞬高沢の頭を掠《かす》めたが、積極的に手を出す勇気は出ず、ただ身を任せてしまっていた。

シャツのボタンをすべて外し終わると、櫻内の手は高沢のジーンズのファスナーに向かった。

「…………」

ファスナーがコツ、と貞操帯のカップにあたる。

おや、というように櫻内の目が一瞬見開かれたが、そのまま彼はファスナーを下ろし、高沢に腰を上げるよう、目で促してきた。

指示のとおり高沢は腰を上げ、櫻内が己の足からジーンズを引き抜くのに手を貸した。

「まだつけていたのか」

冷笑といっていい、冷め切った笑いを浮かべながら、櫻内が高沢に問いかけてくる。

「癖になったか？　これがないと物足りないとでも？」

「違う……」

屈辱《くつじょく》を覚えさせるために敢《あ》えて櫻内がそんなことを言ってきたことくらい、高沢にもわかっていた。わかって尚《なお》、否定する。これもまた『甘え』かと自覚し、そんな自分に愕然《がくぜん》としていた高沢を見下ろし、櫻内が相変わらずの冷笑を浮かべつつ口を開く。

「違うのなら外せ」

ほら、と櫻内が目で、高沢の裸の胸の上にある、首から下げられた鍵を示す。

「…………」

既《すで》に償う罪はない。そう言ってくれているのだろう。これを外したときが櫻内に見限られるときだというのは、単に自分の思い込みに過ぎない。

今となっては何を恐れていたのかと思う。外せと言われているのだから外せばいいのだ。それを櫻内もまた、望んでいるのだろうから。

頭では納得しているし、そのほうが望ましいに違いないという確信も抱《いだ》いていたというのに、どうしても高沢の手は動かなかった。

あり得ない、と思いつつも、外せばすべてが終わるという思い込みが、既にトラウマレベルとなりすり込まれていたせいなのだが、こうして動かないでいることで櫻内が次第に苛立ち始めたのを肌で感じ、高沢はようやく鍵《かぎ》へと手を伸ばす決意を固めた。

まずは鎖を首からはずそうと右手を上げる。己の手とは思えない重さを覚える右手の指先は細かく震えていた。

自分で自分の腕を思いどおりに動かすことができないなど、信じられない。呆然《ぼうぜん》としたあまり、またも高沢の動きは止まってしまったのだが、その直後に頭の上から櫻内の舌打ちが降ってきて、彼を我に返らせた。

「まったく、どこまで世話を焼かせれば気がすむんだ」

櫻内ははっきりと苛立っていた。彼の手が伸び、高沢の首に下がる鍵を摑む。そのまま勢いよく腕を引かれたため、細いチェーンは高沢の首に一瞬鋭い痛みを残し千切れた。

櫻内が貞操帯の鍵を鍵穴に刺し、なんの躊躇《ためら》いもなく開け、外す。そうして露《あら》わにした雄を彼はぎゅっと摑むと、あまりの強さに顔を顰《しか》めた高沢に近く顔を寄せ、低くこう囁《ささや》いた。

「手のかかるオンナは好きじゃない。覚えておけよ」

「…………っ」

櫻内の息が唇にかかる。焦点が合わないほどに近く寄せられた彼の顔は微笑《ほほえ》んでいた。黒曜石のごとき瞳が笑みに細められているのを見た瞬間、高沢の雄は櫻内の手の中で、びく、と微《かす》かに震えた。

「オンナは素直が一番だ」

早速気づいたらしい櫻内がにっと笑いながら唇を寄せてくる。

「ん……っ」

しっとりとした彼の唇が高沢の唇に触れた、と思った次の瞬間には、獰猛《どうもう》なくちづけが始まっていた。

貪《むさぼ》るような勢いで櫻内が唇を塞《ふさ》いでくる。きつく舌をからめとられたそれだけで、高沢の身体に一気に欲情の焔《ほむら》が立ち上った。

肌が熱し、鼓動が高鳴る。櫻内が扱《しご》き上げる雄にドクドクと血液が流れ込み、あっという間に硬くなっていくことに羞恥《しゅうち》を覚えつつも高沢は、自ら両手を櫻内の背へと伸ばし、己のほうへと引き寄せた。

ほしい。今すぐ。

快楽を共に分かち合いたい。その願いを込め、櫻内の背を抱き寄せた高沢の意識はまだ、欲情に流されてはいなかった。

はっきりと己の意思で櫻内を求めている。自分がそんな行為に及んでいることに高沢は正直驚いていた。

当然、羞恥も覚える。だが今、手を伸ばさなければ永遠に櫻内を失ってしまうかもしれない。

相変わらず高沢の胸には、その危機感が根強く残っていた。理由はよくわからない。一度は喪失を覚悟したからかもしれない。

だが今、己の腕の中に櫻内はいる。まだ失ってはいないのだ。そのことにこうも胸が熱く滾《たぎ》る理由に、さすがに高沢も気づきつつあった。

執着を覚えたことのない自分が、銃以外に唯一執着を覚えた。決して失いたくはない。その思いを込め、櫻内の背を抱き寄せる。

「……なんだ、素直だな」

くちづけを中断し、櫻内は、くす、と笑うと、やにわに高沢の手を振り払うようにして勢いよく身体を起こした。

「……っ」

待ってほしい。再び抱き寄せようとした高沢に、

「服を脱ぐだけだ」

と微笑み、言葉どおり手早く服を脱ぎ捨てる。

ギリシャ彫刻のごとき美しい裸体を前にし、高沢の喉《のど》が、ごくり、と唾《つば》を飲み込む音に鳴る。

生唾を飲み込むというのは、欲しくて堪《たま》らないものを目の前にしたときの表現だという知識があるだけに、まさに自分が今、既にそそりたっている逞《たくま》しい櫻内の真珠入りの雄を欲しているということを悟られるのは恥ずかしく、高沢は堪らず目を伏せた。

「今更」

櫻内がぷっと噴き出したかと思うと、やにわに高沢に覆い被さり、その両脚を抱え上げる。

「や……っ……きたな……っ」

露わにした後ろに櫻内が顔を埋《うず》める。両手で押し広げたそこに彼のざらりとした舌が挿入されてきたのに、高沢はこの上ない興奮を覚えながらも、舐《な》めてもらうのは申し訳ないとの思いから身を捩《よじ》ろうとした。

だが両手でがっちりと両腿《りょうもも》を固定され、身動きをすることはかなわなかった。その間にも櫻内は高沢の、既にひくついている内壁を舐《ねぶ》り、押し広げたそこに舌と共に指を挿入させてくる。

ぐいぐいと指で、そして舌で奥を抉られ、高沢のそこはあたかも独自の意思を持った生き物のように、新たな刺激を求め、激しく蠢《うごめ》いた。

「欲しいか」

櫻内が顔を上げ、くす、と笑う。彼の息がそこにかかっただけで、堪らない気持ちが募り、身を捩った高沢を見て、櫻内は再度、くす、と笑うと、勢いよく身体を起こし、高沢の両脚を抱え直した。

「欲しいんだな?」

問いながら己の逞しい雄の先端を高沢の後ろに押し当てる。

「……ああ……」

いつもの高沢であれば、羞恥から――そして快楽に己を忘れるのはどうなのかという己のアイデンティティを守るために、こうも素直に頷くことはなかった。

だが、今宵、高沢には羞恥よりもアイデンティティよりも優先したいものがあった。櫻内と身も心も一つになりたい。彼と快感を共にしたい。今、自分が何より欲しているのはその行為だ。その思いが彼を、いつになく素直にしていたのだが、その素直さは櫻内の意に染むものであったようだった。

「素直すぎて気持ちが悪い……が、実際、悪くない」

櫻内がふっと笑いながら、ずぶ、と先端をめり込ませてくる。

「あぁ……っ」

高沢の背が仰《の》け反り、堪らず高い声が漏れる。

「いつもこうあってほしいものだよ」

苦笑しつつ櫻内がぐっと腰を進めてくる。コツ、と音がするほど奥深いところを抉《えぐ》られ、堪らず高沢がまたも背を仰け反らせた直後に、激しい突き上げが始まった。

「あ……っ……あぁ……っ……あっあっあっ」

ボコボコとした感触が内壁を擦《こす》り上げ、擦り下ろす。そこに生まれた摩擦熱はあっという間に高沢の全身を焼き、吐く息も、迸《ほとばし》る汗も、脳まで沸騰しそうなほどの熱に見舞われ、少しの思考力も残っていないような状況に高沢は陥っていた。

「もっと……っ……あぁ……っ……もっと……っ……もっと……っ」

高沢の頭の中で極彩色の花火が何発も上がり、やがて視界の向こうが真っ白になっていく。貞操帯を嵌《は》めているときには得ることができなかった絶頂感のただ中に高沢は今、身を置いていた。

己の快楽よりも櫻内が己の身体に欲情を覚え、快感を得ていている、そのことに高沢は昂《たか》まっていた。

櫻内の逞しい雄は、己が喘《あえ》げば喘ぐほどに自分の中で存在感を増し、より逞しくなっていく。それはすなわち、櫻内が自分に感じてくれている証だろう。

その証に今は縋《すが》り付きたい。無意識のうちに高沢の両手両脚はしっかりと櫻内の背中に周り、己のほうへと引き寄せていた。

「もっと欲しいか」

くす。

またも櫻内に微笑まれ、高沢は無心で首を激しく何度も縦に振る。

櫻内が笑っている。自分を欲している。このように幸せなことがあるだろうか。

そんな思考力を自分が持つこと自体、信じがたい。だが、胸に溢《あふ》れる気持ちには一つの嘘も誤魔化《ごまか》しもなかった。

「あぁ……っ」

いよいよ限界だと高沢は高く喘ぎ、櫻内を見つめた。

「早いぞ」

櫻内が苦笑しつつも頷き、腰の律動はそのままに、高沢の片脚を離し、いきり立つその雄を握り込む。

「あぁ……っ」

そのまま一気に扱き上げられ、高沢は嗄《か》れた喉から高い声を発しながら達すると、白濁した液を辺り一面に撒《ま》き散らした。

「これはまた……随分たまっていたな」

はあはあと息を乱していた高沢の耳に、櫻内の笑いを含んだ声が届く。

「……っ」

あからさまな揶揄《やゆ》だとわかっていても、事実であるだけに羞恥が勝り、高沢はつい、恨みがましく櫻内を見上げてしまった。

途端に自身を見下ろしていた彼と目が合い、汗ひとつかいていない白皙《はくせき》の美貌《びぼう》に思わず見《み》惚《と》れる。

煌《きら》めく黒曜石のごとき瞳の中にある星が吸い込まれるようにして消えていったのは、櫻内が微笑んだからだと察したのは、再び彼の笑いを含んだ声を聞いたあとだった。

「まだまだたまってるんだろう?」

にっこり、とそれは優雅に微笑む、その顔に似合わぬ下品な言葉を告げた櫻内は、やにわに未だ抱えたままでいた高沢の片脚を高く上げさせた。

「……え……っ」

まだ息も整っていないというのに、まさか、とぎょっとしたあまり声を上げてしまった高沢を見下ろし、櫻内がくすりと笑う。

「さんざん言ってはいるが、お前の限界は俺のほうがよく知っているからな」

そう言ったかと思うと櫻内は、実はまだ達していなかった彼の雄で高沢の奥深いところをぐぐっと突き上げた。

「や……っ」

右脚を櫻内の肩に担がれているため、今まで以上に深いところを抉られることとなった高沢の口から我ながら悩ましい声が漏れ、達したばかりの雄がびくん、と熱く震えた。

「ほらな」

くすくす笑いながら櫻内が、突き上げのピッチを上げてくる。

「あ……っ……や……っ」

すっかり放熱しきっていたはずの高沢の身体に、再び熱がこもってくる。あっという間に己の雄が勃《た》ち上がっていくのを信じがたい気持ちで眺めていた高沢は、櫻内の視線を感じふと顔を上げて彼を見た。

「吐き出させてやるよ。とことん……な」

にっこり。またも華麗な笑みを浮かべる櫻内の瞳には、酷く優しい光があるように高沢には見えていた。

口調は相変わらず揶揄しているときのものだし、言葉の内容はよく考えると恐ろしいともとれるものなのだが、櫻内の瞳はどこまでも優しく、どこまでも情熱的だった。

『情熱』といっても激しく燃えさかるような炎ではなく、どちらかというと静かに燃え滾っている。

情熱というより情念といったほうが相応《ふさわ》しいか——またも息が上がり、苦しさすら覚えながらも櫻内の瞳に見惚れ、そんなことを考えていた高沢の頭に、『情念』よりもその熱い眼差しを表現するに相応しい単語が浮かぶ。

それこそ——『愛情』。愛《いと》しいという感情がその瞳に宿っているのでは、と気づいた瞬間、高沢の身体を、これと説明しがたい強い感情が突き抜けた。

「あぁ……っ」

血も肉も、それを覆う肌をも熱く焼く、この感情の正体がなんなのか、当然理解してはいるが、理解を深めるより前に、その『感情』により燃えさかることとなった快楽の焔が高沢の思考を停止させた。

「あぁ……っ……あっ……あっあっあーっ」

切羽詰まった高沢の喘ぎは櫻内の劣情を煽《あお》るようで、彼の律動もまた激しく、力強くなっていく。

互いの下肢《かし》がぶつかり合うときに立てられる空気をはらんだ高い音をかき消すかのような勢いで、高沢が獣の咆吼《ほうこう》を思わせる高い声で喘ぎ続ける。

早鐘のような鼓動が、呼吸する間もないほどの喘ぎが、高沢に息苦しさを覚えさせ、彼の眉間《みけん》にくっきりと縦皺《たてじわ》が刻まれる。

それでいてその口元にあるのは、苦悶《くもん》の表情などではなく、はっきりとした笑みなのだった。

高沢自身、自覚していないその笑みは彼を抱く櫻内の視界には当然ながら入っており、それゆえ彼はますます愛しげに高沢を見下ろしていたのだったが、そんな愛情溢れる櫻内の視線に気づく余裕は、快楽の波に翻弄《ほんろう》され、今まさに意識を飛ばさんとしている高沢にあろうはずもなかった。

7

翌日、櫻内は高沢を伴い、風間が入院している都下の病院へと向かった。

車中、櫻内は車窓の風景を見ているだけで殆《ほとん》ど何も喋《しゃべ》らなかった。それでいて手はしっかり高沢の腿を握っている。乗り込んでからかなりの時間が経《た》つが、会話がまるでないため、車中には沈黙が流れていた。その沈黙がかえって気になるらしく、運転手の神部《かんべ》がちらちらとバックミラー越しに後部シートを窺《うかが》っていた。

高沢もまた、櫻内の沈黙を、そして腿を摑みながらもいつものように彼が悪戯をしかけてこないことに対しても気にしていた。

櫻内の掌《てのひら》の熱い感触はジーンズ越しに肌に伝わってくる。昨夜——否《いな》、明け方にかけてまであれほど貪欲《どんよく》に己を求めてきたその手であるのに、なぜ今は少しも動くことがないのか。

悪戯をしてほしいわけではない。だがまるで動かず、ただ熱を伝えているだけのその感触は逆に、高沢の劣情を酷く煽り立てた。

ともすれば鼓動が速まり、ごくりと唾を飲み込みそうになる。まるで欲求不満のようで恥ずかしい、と高沢はできるかぎり意識をしないように心がけ、櫻内とは反対側の車窓を眺め続けた。

欲求不満のように思われたくないという心理はおそらく、実際欲求不満であるからこそ、芽生えるのかもしれない。

そんな考えがふと、高沢の頭に浮かぶ。

何日もの間、貞操帯を嵌め欲情を押し殺してきた。昨夜、これでもかというほど精を吐き出しはしたものの、まだ足りないと身体が訴えているのかもしれない。

性欲はないとはいわないが、薄いほうだと思っていた。だが櫻内に抱かれるうちに淡白だったはずの性欲が増幅されているのは確固たる事実であるだけに、高沢はそんな、ままならない自身の身体を持て余してしまっていた。

もしも今、抱いてほしいとねだったら、櫻内はどんなリアクションを見せるだろう。風間が入院しているのは立川にある病院という話だった。到着まではおそらく、三十分以上かかるに違いない。

今、ここで抱いてほしいと頼んだら、櫻内は果たして聞き入れてくれるだろうか。

彼の横顔を窺いたい。その欲求を高沢は必死で堪《こら》えつつ、車窓の風景を見つめていた。もしも櫻内の顔に拒絶の気配が欠片《かけら》ほども感じられなかったような場合は、自分はきっと縋ってしまうに違いないという確信を得ていたからである。

以前なら考えられなかった。そうも彼の腕を、行為を欲する自分がどうにも信じられない。

だが、欲しているのは事実だ。内腿に感じる櫻内の体温をやるせなく感じることに溜め息を漏らしそうになり、唇を噛んで堪える高沢の耳に、物憂《ものう》げな櫻内の声が響いた。

「飽きずに外ばかり見て……一体何を見ているんだか」

「……え？」

そっくりそのまま、同じ言葉を返したい。その思いを胸に振り向いた高沢の目が映したのは、櫻内の苦笑としかいいようのない笑みだった。

「それは俺も同じか」

「……俺を……」

見てほしい。俺だけを。

言いかけたものの、そこまでの主張をできるような立場に果たして自分はいるのかという迷いが生じ、口を閉ざした高沢の腿を櫻内は苦笑しつつ、ぽん、と叩《たた》いたあと、またぎゅっと握り締め、口を開いた。

「銃は持ってきたか？」

「え？　ああ」

何を問われたのか一瞬わからず、問い返したものの、すぐに察し頷いた高沢を見て、櫻内は、よし、というように微笑んだ。

「使うことはあるまいが……用心するに越したことはないからな」

「……ということはもしや……」

病院では危険が待ち受けているというのか。一気に高沢の緊張感は高まったが、櫻内に、

「それはない」

と苦笑され、その緊張感は持って行き場がなくなってしまった。

「ないのか」

「ああ。今のところは」

櫻内がまたも微笑み、高沢の腿をぎゅっと握り締める。

「……だが、そのときが来れば撃て。判断はお前に任せる」

「そのとき……とは？」

まるでわからず、問いかけた高沢の腿を尚もぎゅっと握り、櫻内がそれこそ花のように晴れやかな笑みを浮かべてみせる。

「お前が撃ちたいと思ったときだ」

「それは……」

どういう意味なのか。問おうとしたときには櫻内は高沢から目を逸らし、再び車窓を見つめ始めていた。

撃ちたければ撃ってもいい。そう言われたということか。

その対象となるのは――これから向かう病院に入院している『あの男』という解釈は正し

いのか、果たして誤っているのか。

それすら正しく判断を下せないことに苛立ちを覚えながらも高沢は、もしその判断が正しいのだとすれば、櫻内は自分に『彼』の——風間の命を預けたと解釈するが、本当にそれでいいのかと、櫻内の心情を思いやっていたのだった。


立川にある病院のエントランスで車を降りると櫻内は誰に案内を請うでもなく、エレベーターへと向かった。

高沢も当然、彼のあとを追う。

櫻内はエレベーターの六階のボタンを押し、その階で降りると、そのまま廊下を真っ直ぐ進んでいった。

突き当たりの部屋はどうやら個室らしく、一人の名札しか出ていなかったが、そこに書かれていたのは風間の名ではなかった。

ノックをすることなく、櫻内が病室の扉を開く。彼のあとに続き、高沢も個室というには広めの部屋へと足を踏み入れ、途端に目の前に開けた光景に声を失った。

広い室内の中央に、ベッドが一台置かれている。そこに横たわっていたのはいわゆる拘束衣というのか、指先を露出させない長袖《ながそで》を胸の上で組ませベルトで固定してある白い服に身を包んだ風間、その人だった。

「……やあ」

櫻内の姿を認めたらしい彼がそう、声をかける。どうやら痛み止めの点滴中の彼の顔色はよく、声にも張りがあった。

昨日、高沢が撃った傷の手当てはすんでいるようである。急所を外しているから命に別状はあるまいとは思っていたものの、元気そうな姿を見て高沢は少しほっとしていた。

そんな高沢の存在にも風間は気づいたらしく、笑顔で声をかけてくる。

「あれ、高沢君も来たのか。なんだ、玲二《れいじ》、無事に仲直りできたみたいじゃない。その様子だと、昨夜はそりゃ、さんざん可愛《かわい》がってやったんだろうな」

あはは、と乾いた笑い声を上げる風間を、櫻内は冷めた目で見つめていた。

「そんな目で見るなよ」

風間がどこか傷ついた顔になり、櫻内から目線を外す。

「なぜだ」

櫻内がここで口を開いた。

「なにが？」

風間が意外そうに問い返す。

「お前は菱沼組《ひしぬまぐみ》組長の座を狙っていたんだろう？」

淡々と――あくまでも淡々と問いかける櫻内の前で、風間は苦笑としかいいようのない笑みを浮かべたものの、答えようとはしなかった。

少しの沈黙のあと、再び櫻内が口を開く。

「それならなぜ、大陸のマフィアと手を組もうとした？　彼らの力を借りたらお前はトップをとれないだろうに」

「……利用されるだけに終わるのにって？　確かに、玲二の言うとおりだとは思うよ。それでも俺は、差し伸べられた手を取らずにはいられなかった」

風間が櫻内の問いにようやく答え始める。

「どうしてそんな馬鹿げた選択をしたかわかるか？　当然、お前を失脚させるためだよ」

そう告げ、風間が華麗に微笑んだ。凄《すご》みのあるその笑みに高沢は圧倒され、思わずごくりと唾を飲み込んでしまった。だが櫻内は少しも臆《おく》する素振りをみせず、それどころか、さも呆《あき》れた様子で肩を竦めてみせたのだった。

「それならもっと、足元を固めておくべきだったな。何もかもが甘い。お前が乗るべき話じゃなかっただろうに」

「……俺はさ、玲二」

馬鹿にされていることへの屈辱《くつじょく》が、風間の顔には表れていた。深い溜め息を漏らしたあと、彼が話し始める。

「……お前のことが……嫌いだ」

「……っ」

その言葉を聞き、より衝撃を受けたのは今回も櫻内本人ではなく、高沢だった。声を失う彼の横から、櫻内が再び肩を竦め、苦笑する。

「そうだったのか。まったく気づいていなかった」

「へえ、自分の演技力に自信を持ってしまうな」

ふふ、と風間が笑い、今度は彼が櫻内を馬鹿にしたような目で見やる。また少しの間、室内に沈黙が流れたが、その沈黙にはそれまであったはずの緊迫感が失われているように高沢は感じていた。

「……嘘だよ」

またも深い溜め息を漏らしたあとに、風間が口を開く。少し掠《かす》れたその声はあまりに弱々しく、そんな風間の声は初めて聞いた、と高沢は思わず彼の顔を見やってしまった。

視線に気づいたのか、風間の顔に笑みが戻る。

「まあ、正確には『嘘』ではないな。嫌いだと感じるときもあった。嫌いなんてもんじゃない。憎しみに近い感情を抱《いだ》いたことも一度や二度じゃなかったよ」

『憎しみ』などという激しい単語を口にはしているが、風間の口調も穏やかだったし、唇には笑みも浮かんでいた。

「いつだかわかる？」

風間が櫻内に問いかけ、櫻内が、さあ、というように首を傾げる。

世間話でもしているかのような二人の様子は、まるでいつもとかわりはない。だが『いつもどおり』であるはずのない会話が交わされていることを思うと、違和感しか覚えない。そう思いながら高沢は風間の拘束衣を、櫻内のあまりに普段どおりすぎる端整な横顔を見つめていた。

「……四代目がさ、俺と玲二をよく呼び間違えたんだよ」

風間が口を歪め、話し出す。

「コッチはケツまで許してるのにだぜ？　お前、組長とは寝てないだろ？」

「ああ、寝ていない」

「やってる最中にもよく、呼び間違えられた。不愉快だったよ」

即答した櫻内に対し、言葉どおり、いかにも不快そうに吐き捨てた風間だったが、すぐにまた笑顔になると櫻内を真っ直ぐに見つめてきた。

「きっと四代目は俺じゃなくてお前を抱きたかったんだろうな」

「さあ、それはどうだか」

櫻内もまた、風間を真っ直ぐに見つめ、口を開く。

「だが言わせてもらえば、俺もよく『黎二』と呼ばれたぞ」

「なんだ、そうだったのか」

途端に風間が拍子抜けした顔になり、すぐにぷっと噴き出した。

「確かに黎一と玲二、似た響きだもんな」

そういうことか、と風間が静かに笑い始める。暫《しばら》くの間、彼はくすくすと笑っていたが、やがて、はあ、と大きく息を吐き出すと、改めて厳しい目を櫻内へと向けてきた。

「お前、随分とヤキが回ったな」

「…………」

それを聞き、櫻内は、意味がわからないというように少し目を見開いた。

「そんな優しさは今更いらないってことだよ」

風間が苦笑し、そう告げる。

「嘘を言っていると？　馬鹿な。そんな義理はない。事実だ」

答える櫻内は憮然《ぶぜん》としてはいたが、『怒り』の感情までは声にも顔にも表れていなかった。

「……まあ、そうか。玲二は昔から優しくはなかったし」

ふふ、と風間が笑い、また少しの間、口を閉ざす。

「……俺はさ」

沈黙を破ったのは今度も風間だった。ふと、思いついたような明るい口調で話し出した彼の言葉を聞き、高沢は思わず息を呑《の》んだ。

「四代目にとって、じゃなく、もしかしたらお前の『唯一無二』になりたかったのかもな」

「…………」

動揺している高沢の横で、櫻内はどこまでも無反応を貫いていた。そんな彼の白皙の美貌を風間はじっと見つめていたが、やがて視線を天井へと向け、ぽつり、ぽつりと話を始めた。

刑務所内で、大陸マフィアの一味から声をかけられたこと。彼らに手を貸し、櫻内を失脚させれば菱沼組の組長の座を約束すると言われ、その気になったのは、既に彼らが射撃練習場に勤める金子《かねこ》を取り込んでいると聞いたせいだった。

「香港に住んでいた金子の父親を人質に取っていると彼らは言っていた。武器を根こそぎ奪って総攻撃をかければさすがの菱沼組も抗《あらが》いようがないだろう。弱り切っているところに入り込み、組長であるお前を仕留める——というのが、俺の役割だったんだが、あの憎らしい三室《みむろ》の活躍のおかげで仕切り直しをせざるを得なくなった。要は俺がお前を殺すことをきっかけにするしか、大陸マフィアが菱沼組を乗っ取る方策はなくなったってわけだ」

風間は一気にそこまで喋ると、どうだ、というように櫻内を見た。櫻内は何も答えない。

風間は暫く櫻内を見つめていたが、やがて、やれやれ、というように苦笑すると話を再開した。

「……お前や組員たちの信用を高めるべく、奴らにお前を襲撃させ、俺が守ってみせるという茶番も演じた。狙いどおりに事は進んだ。お前も俺を信じたから、若頭補佐として八木沼《やぎぬま》組長や他の団体にも紹介してくれたんだろう？」

「いや？」

ここでようやく櫻内が口を開いた。にっこり、と優しげに微笑みながらゆっくり首を横に振る。

「強がるなよ」

風間が噴き出す。が、櫻内が微笑んだままでいると彼の顔から笑みは消えた。

「いつから俺が怪しいと気づいてたんだ？」

感情を抑えた口調で問いかけた風間に対し、櫻内は実に淡々と答えを返した。

「最初に顔を見たとき」

「……またまた、と言いたいけど、マジなんだろうな」

風間はくすりと笑いそう言ったものの、すぐに真面目《まじめ》な顔になり櫻内に問いを発した。

「わかっていてなぜ、俺を若頭補佐として紹介した？」

嘘を言うなと言わんばかりにそう告げた風間だったが、直後にはっとした顔になると、再度櫻内に問いを発した。

「俺を信用させるため……か？」

「そうだ」

微笑み、頷いた櫻内に対し、風間は、

「これがお前じゃなければ信じないんだけど」

と苦笑し首を横に振った。

「大丈夫なの？　随分と広範囲にわたって紹介してくれちゃったじゃない。お前に人を見る目がなかった証明になってしまっているんじゃないの？」

今、風間は素で心配そうにしているように見える。高沢がそう察したと同時に、風間が慌てた様子で口を開いた。

「別に心配しているわけじゃないけどね」

「はは、心配無用だ。何か問題になりそうだったらそれこそ八木沼の兄貴の力を借りるさ」

「あの人にはほんと、むかついた。俺が色仕掛けでたらし込もうとしてもまったく歯が立たなかった。見抜かれてたんだろうな」

「ああ、おそらくな」

苦笑する櫻内に風間が問う。

「玲二が吹き込んだんじゃないの？」

「違う」

「そりゃ驚きだ。さすが、日本一の組長だな」

へえ、と感心した声を上げた風間に櫻内が、

「そうだな」

と相槌《あいづち》を打つ。

「その日本一と玲二は兄弟杯を交わしたんだもんな」

ぽつり、と風間が呟き、櫻内を見やる。

「くそ、何が違うんだろう。俺とお前の。プライドが傷つくよ。俺の何がお前に劣っているっていうんだ？」

「さあな」

櫻内が軽く答えると風間は力なく笑い、後に深い溜め息を漏らした。

「参ったよ。完敗だ。いつの間に差が付いたんだろうな。俺が刑務所に入った頃はそれほどの差はなかったよな」

「……今だってそう差はないだろう」

櫻内がぽつりと呟く。

「だからその優しさはいらないんだって」

それを聞き、風間は苦笑したあと、少し思い詰めた顔になり口を開いた。

「俺のことはどうでもいい。だが百合子《ゆりこ》だけは頼む。見逃してやってくれ。あいつは何も知らないんだ」

「何も知らない女を手元に置くわけがないだろうに」

櫻内が実に淡々と答え、風間を見返す。

「……それならいっそ、一緒に殺してくれ」

風間もまた櫻内を真っ直ぐに見返し、今までにない真摯《しんし》な口調でそう告げると、仰向《あおむ》けに横たわり、拘束衣を身につけたままの不自由な身でありながら、頭を下げる素振りをしてみせた。

「…………」

だがそれに対し、櫻内はなんのリアクションも見せなかった。いくら風間が頭を下げ続けても何も言おうとしない彼の意図はおそらく、拒絶だろうとわかるだけに、今度の沈黙は酷く重いものに高沢には感じられた。

「……殺せよ」

随分と経ってから、風間がようやく声を発した。俯いたまま発せられたその声は、今までのような軽やかな口調とはまるで違う、地を這《は》うような低い、呪詛《じゅそ》のこもったものだった。

「…………」

それでも櫻内は何も言わない。風間が顔を上げたが、それまではたいして悪くはなかったはずの彼の顔色は酷く悪く、白いほどに青ざめたものとなっていた。

「殺せよ。お前が俺を信頼しているフリをしていた本当の理由は、そこにいる愛人の気を引きたいためだったんだろ？　嫉妬《しっと》心を煽らせるのに利用されたとわかったとき、どれだけ俺が惨《みじ》めだったか、お前にわかるか？　あの時点で俺の心臓は止まってたんだ。さあ、殺せよ」

風間の目の中には禍々《まがまが》しい光が宿っていた。鬼火のごときその光は最初櫻内へと向いていたが、やがて彼の目線は呆然とその場に立ち尽くし、やりとりを見つめていた高沢にも向くこととなった。

「殺せ……っ」

喉から血が滴《したた》る、そんな妄想をかき立てられる彼の叫びに、そして冷たく燃える瞳の中の焔に、高沢はただ声を失ってしまっており、風間の先ほどの言葉の内容を理解することすらできずにいた。

と、風間が視界から消える。それが、己の目の前に櫻内が立ったためだと気づいたとき、ようやく呪縛《じゅばく》から解けたように高沢は今まで詰めていた息を吐き出すことができたのだった。

「お前を殺すわけにはいかない。これから色々吐いてもらわないとならないからな」

「……俺が組んだ相手のこととか？　組内で俺が取り込んだ男のこととか？」

風間の口調がここでまたガラリと変わった。先ほどまでのような軽い声音となった彼はそう言うとケラケラと、まるで箍《たが》が外れたように笑い出した。

「誰が喋るかよ。拷問《ごうもん》でもするって？　したところで俺が喋るわけがないだろう」

高く笑っていた風間だったが、笑いすぎて傷に痛みを覚えたらしい。

「いてて……」

笑いながらも顔を顰《しか》めてみせたが、その目には薄く涙が滲《にじ》んでいた。

「……殺せよ、玲二。俺はお前の手で死にたいよ」

くすくす笑いながら風間が櫻内にそう声をかける。だが櫻内はそれには答えず高沢の肩を抱くと、

「行くぞ」

と病室を出るよう促し歩き出した。

「…………」

いいのか、と高沢は思わず櫻内の顔を窺ってしまった。だが櫻内は高沢とも目を合わせることなく、彼の肩を抱いたままドアへと向かっていこうとする。

「気をつけろよ、玲二」

そんな櫻内の背に、風間の甲高《かんだか》い笑い声が響いた。

「敵は案外、近くにいるもんだぜ」

笑いながら風間がそんな毒を吐いてくる。果たしてそれは事実なのか、それとも単なる『毒』なのかと高沢は気になるあまり、つい背後を振り返ってしまった。

「せいぜい、気をつけるんだな」

途端に笑うのをやめた風間がそう言い、高沢を睨《にら》みつけてくる。彼の目の中にある憎しみの光を高沢が見たと思った次の瞬間、風間が再び笑い始めた。

気が違ったような甲高い笑いを背に、櫻内に促されるまま高沢は病室を出た。無言で歩く櫻内の横顔へと目を戻した高沢が見たのは、いつにない厳しい顔をしている彼の顔だった。櫻内の唇は引き結ばれたままで何も語られない。だが今、彼の心境がいかなるものかは、なぜか高沢にはわかる気がしていた。

こんなことは珍しい。常に櫻内の考えが読めずにいた自分であるのに、と密《ひそ》かに思う高沢の口から溜め息が漏れそうになる。

慌てて堪《こら》え、唇を噛んだ高沢の肩を櫻内が、ぎゅっと握り締めた。気づかれたか、とはっとし、顔を見やると櫻内と目が合ったが、やはり彼は何も言わずすぐにその目を逸らせてしまった。

櫻内は今――傷ついている。

手負いの獣、という単語が高沢の頭に浮かぶ。

刑務所から出てきた風間と再会したときに、彼を怪しいと見抜いた、と言う櫻内の言葉に嘘は一つもないのだろう。

それでも櫻内にとっては、風間は誰より心を許せた人間だったのではないか。

再び顔を見るとまた、櫻内と目が合う予感がしたため俯いて歩きながら高沢は一人そんなことを考えていた。

二人の親しげな様子から、その関係性を表現するに『友人』であるというのが一番適しているように思える。

ヤクザでは最も繋がりが深いとされるのは、『親子杯』や『兄弟杯』を交わし合った仲というが、親子分、兄弟分、という関係性よりはあの二人はどちらかというと『友人』というほうが相応しいように、高沢には感じられた。

親しげに下の名前で呼び合っていたこと。櫻内に対し、言いたいことを言っても機嫌を損ねられなかったこと。数年のブランクはあるだろうが、あの関係性がかつてと同じものであったのなら、櫻内と風間、二人の間には確固たる『友情』の絆《きずな》が結ばれていたのではないか、と思われる。

だが——。

今頃になって高沢は、先ほど風間が吐き捨てた言葉を反芻《はんすう》し、その意味を理解していた。

『殺せよ。お前が俺を信頼しているフリをしていた本当の理由は、そこにいる愛人の気を引きたいためだったんだろ？　嫉妬心を煽らせるのに利用されたとわかったとき、どれだけ俺が惨めだったか、お前にわかるか？　あの時点で俺の心臓は止まってたんだ。さあ、殺せよ』

自分の嫉妬心を煽らせるために、櫻内は親しげに振る舞ってみせていた。誰より信頼しているという演技をし続けた。風間はそう言っていたのだ。

そんなことがあり得るだろうか——またも高沢は思わず櫻内の顔を見そうになり、気力でそれを堪えた。

あり得ない、と思う。だが風間にとってはそれは『真実』だった。だからこそ彼は自分に対し、憎しみ溢れる視線を向けてきたのだろうから。

確かに嫉妬を覚えた。見目麗しい二人の間に自分が立ち入る隙間《すきま》などないと落ち込みもした。風間のことは大切な存在であると、はっきりと言葉でも、そして行動でも主張していた櫻内の自分に対する評価も態度も、風間には大きく劣る扱いだった。

あれもわざとだったというのか。しかもその理由が風間を信じさせるためではなく、自分を嫉妬させるためというそんな馬鹿げた理由からだというのか。

とても信じられない——首を横に振りそうになるのをまたも気力で堪えた高沢の耳に、櫻内の淡々とした声が響く。

「何を考えている」

「……いや……」

なんでもない。首を横に振ろうとした高沢は、不意に伸びてきた櫻内の手に顎を捉《とら》えられ、強引に視線を合わせられてしまった。

「下手《へた》なことは言うなよ。俺は今日、さほど機嫌がよくない」

笑いもせずそう告げた櫻内の目は、だが微笑んでいるように高沢には見えた。

「わかった」

頷いた高沢の顎を幾分乱暴に離すと、櫻内が再び歩き出す。

どこへ行こうというのか。家に戻るのだろうか。それとも組事務所か。そのどこかだろうと高沢は思っていたのだが、神部の車に乗り込み、櫻内が告げた『行き先』はまるで予想していなかった場所だった。

「射撃練習場に向かってくれ。新しいほうのな」

「新しいほう？」

もうできているのか、と驚きのあまり声を上げた高沢だったが、武器を移動させるという話だったと思い出し、できていて当然かと自分の驚きを恥じた。

しかしいつの間に建設をしていたのか。そしてどこに、どのような規模で造っていたというのか。俄然興味を覚えた高沢ではあったが、その『新しい』射撃練習場で更に彼を驚かせる人物が待ち受けていることまでは、予想だにしていなかった。

8

車が向かったのは奥多摩ではあったが、新しい練習場は今までより更に山深いところにあるらしかった。舗装されていた道があるところから途切れ、車一台通るのがやっとの山道となる。

一体どのような施設なのだろう。新しい練習場の建設の噂《うわさ》など少しも聞いたことがなかったため――といっても他の『噂』も高沢の耳に入ることはなかったが――射撃練習場といっても以前のように設備の整ったものではなく、急ごしらえなのではないかと想像していた。

だが、車が停まったのは山の中に唐突に現れた鉄製の門の前で、昨日今日造られたものではないとしか思えないその堅固な佇《たたず》まいに、高沢は自分が菱沼組の力を甘く見ていたことに改めて気づかされたのだった。

ギギ、と音を立て、扉が開く。高い壁に覆われたその中の道路はすっかり舗装されており、ロータリーの向こう、車寄せのあるところには、新築と思《おぼ》しき平屋建ての立派な建造物があった。

車が停まり、神部の開いた扉からまず櫻内が降り立つ。呆然としていたため、自分の座る側のドアを開いていなかった高沢は、櫻内に車の外から振り返られ慌てて開いているドアから車を降りた。

新しい木の匂《にお》いがする。しかし決して『急ごしらえ』ではない建物の外観に、高沢が声を失っているうちに櫻内がエントランスに向かっていった。高沢も慌ててあとに続く。

前の練習場はどちらかというと日本家屋風の建築だったが、新しい練習場は洋風で、外観はまるで高級といわれるゴルフ場のエントランスのようだった。

自動ドアが開き、広々としたロビーが現れる。やはりゴルフ場っぽいなと思いつつ高沢が周囲を見渡そうとしたそのとき、思いもかけない人物が受付と思しきカウンターの奥から現れたことで、驚愕《きょうがく》のあまりその場で固まってしまったのだった。

「これは組長、まだ慣れないもんで、お出迎えに遅れちまってすみません」

頭をかきかき現れた人物はなんと——峰《みね》、だった。

何者かになんらかの濡《ぬ》れ衣《ぎぬ》を着せられ、組から追われる身となったのを高沢が匿《かくま》った。それが露呈したことで地下に繋がれることとなったというのに、なぜその峰がここに、と声を失っていた高沢に、峰がぺこりと頭を下げる。

「姐《あね》さん、その節はどうも」

「何が姐さんだ……っ」

まるで悪びれたところのない峰の態度に、珍しくも高沢はカッとなり、思わず彼を怒鳴りつけてしまっていた。

「悪ぃ。でも誤解しないでくれ。俺はあんたを騙《だま》してたわけじゃないぜ？」

高沢が怒声を張り上げることなど滅多《めった》にないからか、峰が慌てた様子でフォローし始めた。

「俺も驚いてるんだよ。追手に捕らえられたと思ったら、いきなりここの責任者をやれって連れてこられてさ。未だに狐《きつね》につままれたような気持ちでいるんだ。嘘だと思うなら組長に聞いてくれ。な、そう怒らないでくれよ」

「………」

組長に聞け、と言われ、高沢は櫻内へと視線を向けた。と、櫻内は高沢をちらと見たあと、視線を峰へと戻し口を開いた。

「きっちり自覚はあるようだが、こいつは『姐さん』で、お前はここの責任者だ。今までのような『同僚』気分は早いところ脱してもらおう」

「……っ」

にこやかに笑みを浮かべつつ告げてはいたが、櫻内の目は厳しく峰を見据えていた。常に飄々《ひょうひょう》としているのが特徴的だという峰もさすがに臆《おく》したようで、ゴクリと唾を飲み込んだあと、慌てた様子で深く頭を下げた。

「大変失礼しました。以後気をつけます」

「おい」

またか、と高沢は思わず櫻内に非難の目を向けてしまった。以前彼は三室にも同じ注意を促し、おかげで三室は暫く自分に対して丁寧語を使うようになったことを思い出したのである。

峰にも同じ事が起こっているのは、次の瞬間には判明した。

「組長、姐さん、どうぞ中へ。諸々《もろもろ》、整っております」

きっちり九十度のお辞儀をした峰が、打って変わった丁寧な口調でそう言い、先に立って歩き始めた。

まったくもって居心地が悪い。峰も悪のりしすぎだ、と高沢は不満を抱きながらも、わざとらしく己の腰に腕を回してきた櫻内に促され、峰のあとに続いたのだった。

峰が最初に案内したのはこの施設の要《かなめ》である射撃練習場だった。

「ここは……」

中に足を踏み入れた途端高沢は、今までの練習場の二倍の規模にまず驚き、続いて峰に案内されて向かった管理室の設備も最新鋭かつ高レベルなものになっていることに更に驚いたのだった。

「撃たれますか？」

相変わらずの丁寧口調で峰が高沢に問うてくる。むかつく、と高沢は彼を睨んだが、峰は尚も慇懃《いんぎん》にお辞儀をしてみせ、高沢をよりむかつかせた。

「今日はいい。それより他の施設を見せてやってくれ」

横では櫻内が上機嫌な様子でそう言い、高沢の顔を覗き込んでくる。

「お前も見たいだろう?」

「……ああ」

新設備を試したいという気持ちはあったが、今、撃ったところで思うような結果は出せまいという結論を己に下した高沢は、渋々ながら櫻内に同意してみせた。

「可愛いやつ」

櫻内がふっと笑い高沢の腰をぐっと抱き寄せる。

「…………」

峰の前だからこそのパフォーマンスだとわかるだけに高沢は嫌がるのをやめ、好きにしろ、と顔を背けた。

その後、峰はこの練習場に勤務する組員たちの食堂や宿舎を案内してくれたあとに、

「武器庫もご覧になりますか」

と櫻内に問うてきた。

「…………」

ということは峰は、武器庫への出入りを許可されているのか、と察した高沢は、峰の誤解は完全に解けたばかりか、絶大なる信頼を得たということなのだなということも同時に察し、

なんともいえない気持ちとなった。

逆転劇はいつの間に起こっていたのか。高沢が疑問を抱いていることは櫻内は勿論《もちろん》、峰にもわかったらしく、何か言いたそうな顔をしている。が、櫻内の手前、説明することは憚《はばか》られたようで、その場で畏《かしこ》まっていた。

「昨日、無事に移動できたことは確認したから今日はいい。心して護《まも》れよ」

櫻内の言葉に峰が「はっ」と短く答え、深く頭を下げる。

「…………」

ということは武器の移動は既に行われたあとだったのか、と高沢は答えを求め、櫻内を見やった。櫻内もまた高沢を見つめ、微笑みながら話しかけてくる。

「今日、連れてはきたが、お前がここに通うことはまずないだろう」

「どうして」

思いもかけない発言に高沢はつい、非難の声を上げてしまった。

「お前の『練習場』は自宅の地下にあるだろう」

「…………」

何を当然のことを、と呆れてみせたのもまた、櫻内のパフォーマンスであることは高沢にもわかっていた。

「広いところで撃ちたいか？」

にっこり、と櫻内が目を細めて微笑み、高沢に顔を寄せてくる。腰をぐっと抱き寄せられ、今にも唇を奪われそうになった高沢は、焦って櫻内から顔を背けた。

「撃ちたいか？」

それでも尚、顔を覗き込んでくる櫻内が求める答えは高沢にはよくわかっていた。

「もういい。わかった」

「そうか」

俯きながらも、きっぱりと言い切った高沢に顔をごく近く寄せた櫻内が、満足そうに頷いてみせる。

「帰る頃には仕上がっているはずだ。このところ工事ができずにいたが、あと少しの所で完成という状態だったからな」

「……っ」

工事ができなかった理由は当然、高沢が鎖で繋がれていたことである。嫌みか、と思わず櫻内を睨みそうになったが、それもまた彼の狙いかと気づいたために目を伏せた。

それにしても櫻内はいつになく浮かれているように思える。一体どうしたことか、と内心首を傾げた高沢は、もしや先ほどまでの風間との面談が影響しているのではと気づき、納得した。

敢えてはしゃいでいるのかもしれない。それだけ彼にとっての風間の存在は大きいということなのだろう。

妬《や》けるな——。

ふと自身の胸の中に芽生えたその感情に、高沢は戸惑い、ついシャツの前を摑んでしまった。

「どうした？」

はっとしたときには櫻内が額《ひたい》をつけるようにし、高沢の顔を覗き込んでいた。

「……なんでもありません……」

俯いたまま告げた高沢の頰に、櫻内の指先が触れる。何をする気か、と目をやった先、櫻内の黒曜石のごとき美しい瞳が微笑みに細められ、彼の唇が高沢の唇を塞いできた。

「……っ」

よせ、と顔を背けようとした高沢の頰をがっちりと包み、櫻内が唇を塞ぎ続ける。目の端に峰の、よくやるよ、と言いたげな苦笑が過《よ》ぎり、ますます高沢をいたたまれない気持ちに陥らせていった。

やめてくれ、と必死で顔を背けようとしても、櫻内の腕は緩まない。それどころかきつく高沢を抱き締め、更に深く口づけてくる。

いい加減にしろ、と高沢がなんとか顔を背け、櫻内の胸を押しやる。すると櫻内は思いの外容易《たやす》く高沢を開放すると、唾液《だえき》に濡れた彼の唇を指先で拭ってくれた。

「……っ」

繊細な指先に唇をなぞられ、ぞわ、という刺激が高沢の背筋を上る。こんなときに欲情するとは、と高沢は自分自身に戸惑いを覚えていた。

「なんだ、帰りたくなったか」

くす、と櫻内が笑い、再び高沢の唇に指先を伸ばしてくる。

「よせ」

その指先を摑んでしまったのは、更なる欲情を与えようとする櫻内の行為を妨げたかったからだった。察したらしい櫻内に苦笑され、頬に血が上るのを感じる。

「可愛いやつだ」

ふふ、と櫻内は笑うと、ちら、と峰を見やったあと、高沢の腰を再び抱いてきた。

「望みどおり、帰るとするか」

「…………」

望んでなどいない。言い返そうとしたが、言うだけ無駄だとわかっていたため、無言を通そうとした。

だが櫻内はそれを許そうとはせず、わざとらしいほどの親密さで高沢に接してくる。

「頑固だな、俺のオンナは」

こめかみに唇を押し当てるようなキスをし、優しげに微笑む。いかにも『愛人』に対する

ような態度に嫌悪を覚えながらも高沢は、自分が心のどこかで安堵《あんど》していることもまた認めざるを得なかった。

「行くぞ」

櫻内に腰を抱かれ、彼の導くがまま、歩き始める。

「またのお越しをお待ちしております。組長」

背後で峰の、らしくないほどの慇懃な声が響く。『お待ちしている』のは櫻内のみで、高沢について言及しないのは、それこそ櫻内の不興を買わぬようにという配慮だろう。

やはり彼はソツのない男なのだなと思いながらも高沢は、そのソツのなさをなぜにこれまで発揮できなかったのかという疑念を捨てることができぬまま、櫻内と共にエントランスへと向かう廊下を、再びこの地を訪れ、試し撃ちをしたいものだという希望を胸に進んでいったのだった。


新しい射撃練習場を出発した車は真っ直ぐに櫻内の自宅を目指した。車中、櫻内は鼻歌交じりに高沢の頬にキスをしたり、シャツ越しに乳首のあたりを弄《いじ》ってきたりはしたものの、それ以上の行為に走ることはなかった。

松濤の自宅に戻った櫻内を出迎えたのは、彼に心酔していることでは右に出る者はいないと思われる早乙女《さおとめ》だった。

「組長、お帰りなさいませ」

丁重に頭を下げる彼の顔色は酷く悪い。希望どおり、練習場から櫻内のもとに戻れたのか、と武骨なその顔を見やった高沢に対し、物言いたげな視線を向けてきてはいたものの、どうやらそれどころではなかったらしく、おずおずとした口調で報告を始めた。

「今、ちょうど連絡が入ったのですが、その……風間の兄貴が……あ、すいやせん、風間が息を引き取ったそうです。死因は服毒死……なんでも青酸カリだとか……」

「ええっ」

早乙女の報告に驚きの声を上げたのは高沢のみだった。

死んだというのか——先ほどまで確かに目の前に存在していた男が死んだという報告に高沢はただ戸惑いを覚えていたのだったが、櫻内にとってはたいして驚くべき報告でもなかったらしく、ただ一言、

「そうか」

と言っただけで、詳しい報告を求めることはなかった。

一体何が起こっているのか。知りたい、という欲求を抑えることができなかった高沢は、櫻内の不興を買うことがわかった上で早乙女に直接問いかけた。

「どういうことなんだ？　風間は拘束衣を身につけていた。どうやって彼は毒を飲んだ？　自分で飲んだのか？　それとも……」

まさか飲まされたのか、と青ざめた高沢に対し、答えを与えたのは櫻内だった。

「いつでも自決できるよう奴は、奥歯に青酸カリを仕込んでいた。それを使ったんだろう」

「……自殺……か」

その言い分を聞く限り、と呟いた高沢の声に被せ、櫻内の淡々とした声が響く。

「百合子はどうした？」

「それが……風間の兄貴の……あ、すいやせん。風間のマンションで同じく青酸カリを服用して死んでました。死後、一日以上経ってましたから、風間が死ぬより前に自殺したんじゃないかと思われます」

「そんな……」

またも思わず声を発してしまっていた高沢の脳裏に、一度会ったきりの百合子の顔が浮かぶ。

風間の愛人だという噂の女だった。優雅な仕草で高級クラブを取り仕切る、まさに銀座の女であった彼女は果たして、風間の愛人だったのか。それとも妹だったのか。

『百合子のことだけは……頼む』

屈辱に塗《まみ》れながらも風間が櫻内に頭を下げた。そのときには彼女はもう、この世の人間ではなかったのかと察した高沢の口からは、堪えようにも堪えきれない溜め息が漏れてしまっていた。

「なんだ、ショックか？」

櫻内が冷笑といっていい笑みを浮かべ、高沢の顔を覗き込んでくる。

「……ショックじゃないのか？」

問いながら高沢は、櫻内がショックを受けていないわけがないという答えに先に辿《たど》り着いていた。

だが櫻内の答えは「別に」というもので、その場に立ち尽くしていた早乙女に対し、

「ご苦労」

と声をかけ、高沢の肩を抱いてきた。

「食事にしよう。部屋でとるか？」

「…………」

櫻内の表情も声音も、そして態度も普段とまるで変わらない。だが白皙の美貌のその下に彼が隠し持つ感情に気づいた瞬間、高沢の胸に堪らないとしかいいようのない気持ちが一気に募っていった。

「どうした？」

黙り込み、顔を見上げる高沢の視線に気づいたらしい櫻内が少し目を見開くようにし高沢

に問いかけてくる。

やはりいつもどおりの涼やかな目元に、口元に浮かぶ微笑に、高沢の中のやりきれない思いは更に募り、気づいたときには彼の腕が動いていた。

「……抱いてくれ」

櫻内のスーツの胸の辺りを摑んだ高沢の唇から言葉が漏れる。

「……っ」

櫻内にとっては思いもかけない行動だったようで、普段驚いたところなど滅多に見せない彼が一瞬、言葉を失った。

横では早乙女が、まるで漫画のように大きく目を剝《む》き、あんぐりと口を開けている。二人のリアクションを目《ま》の当たりにして高沢は、自分がいかに『らしくない』言葉を口にしてしまったかと改めて気づかされたのだった。

「……あ……」

羞恥の余り頰《ほお》に血が上ってくる。違う、と櫻内のスーツの襟を離し、胸を押しやろうとしたその手を逆に握られ、抱き寄せられる。

「どうした風の吹き回しだ」

槍《やり》でも降るんじゃないか、と笑いながら櫻内が高沢のこめかみに唇を押し当てる。

「だから……っ」

違うのだ、と首を横に振る、その首まで赤くなっている自覚を持ちながら高沢は、なぜに自分はあのようなことを言ってしまったのかと自分自身に戸惑いを覚えまくっていた。が、あれだけ胸を突き上げていた『やりきれない思い』は今やすっかり消えている。あの思いは『抱かれたい』という願いだったということか。

抱かれたい——そんな願いを自分が抱くことになろうとは。やはり信じられない、と呆然とする高沢を見下ろしていた櫻内がぷっと噴き出し、高沢を抱く腕に力を込める。

「望みどおり、抱いてやる。ああ、早乙女」

と、ここで櫻内は口を開けたまま腰を抜かしそうな様子でその場に留《とど》まっていた早乙女へと視線を向けた。

「へ、へいっ」

それで我に返ったらしい彼が、慌てて直立不動となり返事をする。

「食事はあとだ。声をかけるまで部屋には入るなよ」

「へ、へい」

早乙女に指示を出す櫻内の口調はやたらと明るかった。浮かれているようにすら見える、と、そんな彼の様子を間近で見やる高沢の頰からは、ようやく羞恥ゆえ上った血が引けつつあった。

「さあ、行こう。ベッドへ」

櫻内がニッと笑い、高沢のこめかみに再び唇を押し当てる。どくん、と鼓動が高鳴り、身体の芯《しん》から熱が込み上げてくるのを高沢はしっかり感じていた。

「………」

羞恥を手放すことはできなかったが、それでも高沢は己の気持ちに嘘をつくことはできず、櫻内の背に腕を回し、スーツの背をぎゅっと握り締めた。

「本当に、槍が降るな」

櫻内が驚いた様子でそう言い、にっと笑いかけてくる。その笑顔の下に隠された感情を今、感じられないことにこの上ない安堵を覚えながら高沢は、櫻内の背を掴む手に更に力を込めたのだった。

櫻内の寝室に到着すると高沢は自ら彼に抱きつき、唇を塞いでいった。

「槍どころか……一体何が降るんだ」

櫻内は心底驚いている様子だった。が、拒絶する気はなかったらしく、高沢の唇を受け止めてくれながら、傍らのベッドに高沢を押し倒そうとする。

それより前に、と高沢は逆に櫻内を押し倒すと、彼に覆い被さりつつ衣服を剝《は》ごうとした。

「……っ」

だがすぐに櫻内に両手首を取られ、体勢を入れ替えられる。

「積極的になってくれるのは嬉《うれ》しいが、主導権を握られるのは好きではなくてね」

櫻内はそう言うと高沢の手首を摑んだまま、覆い被さり唇を塞いできた。

「ん……っ」

嚙みつくようなキスが高沢を襲う。きつく舌をからめとられる獰猛なくちづけに、早くもくらくらとしてきてしまっていた高沢は、いつの間にか櫻内の手が己の手首から離れていることにまるで気づいていなかった。

その手は高沢のシャツを剝ぎ取り、続いてジーンズを下着ごと引き下ろす。あっという間に全裸に剝かれた肌の上を櫻内の掌が這い回る。ひんやりとしたその感触に、一瞬身を竦めた高沢だったが、櫻内の掌を冷たく感じるということは、己の肌が既に内からの熱で火照《ほて》っているからだということに気づき、今更の羞恥を覚えた。

一人でやたらと昂まってしまっている。できることなら共に昂まりたいのに、と高沢は両手両脚を広げ、櫻内の背にしがみついた。

「………」

気づいた櫻内がくすりと笑い、背に回した高沢の脚を摑んで下ろさせる。

「あまり煽るな。知らないぞ?」

くちづけを中断し、櫻内はそう囁くと、高沢の両脚を抱え上げ、恥部を露わにした。

「や……っ」

すかさずそこに顔を埋め、舐り始める。両手で押し広げられ、ざらりとした舌でねっとりと舐られるうちに高沢の昂まりは早くも最高潮に達し、次なる行為を求め、堪らず声を上げてしまった。

「挿《い》れてくれ……っ……すぐ……っ」

「本当に今日はどうしたんだ」

櫻内が顔を上げ、驚いた様子でそう問いかけてくる。

「早く……っ」

自分でもどうしたことかと思う。だが、込み上げる欲求を押し殺すことはもう、彼にはできなくなってしまっていた。

急《せ》かす言葉を口にした高沢を櫻内は一瞬驚いたように見やったが、やがてふっと笑い身体を起こした。

そうして未だ穿《は》いたままでいたスラックスのファスナーを下ろすと、そこからいきり勃つ雄を取り出し、高沢に示してみせる。

「あ……」

黒光りする、太く逞しい、そしてぼこぼことした突起のあるそのビジュアルに、高沢の喉がゴクリと鳴った。

早くほしい。無意識のうちに腰を突き出し、挿入をねだる。

くす、と櫻内はまた微笑むと、高沢の両脚を抱え直し、雄の先端を早くもひくついていたそこへとめり込ませてきた。

「あぁ……っ」

待ち侘《わ》びたその感触に、高沢の口からは高い声が漏れ、背は大きく仰け反っていた。頭の上で、くす、と笑う櫻内の声がした直後、再び両脚を抱え直した彼が、一気に腰を進めてくる。

「くぅ……っ」

奥深いところをいきなり抉られ、思わず息を詰める。が、口の中に飲み込んだその息は、櫻内が激しい突き上げを始めると喘ぎとなり、唇から迸り出ていった。

「あっ……あぁ……っ……あっあっあっ」

ぼこぼことした逞しい雄が抜き差しされる度《たび》に、内壁が摩擦熱で焼かれ、その熱が全身へと広がっていく。

汗が噴き出す肌も、繋がっている部分も、脳まで沸騰するほどの熱を覚え、高沢の意識は最早、ほぼないような状態となっていた。

「いく……っ……あぁ……っ……もう……っ……もう……っ……あーっ」

やたらと甘えた声が、遠いところで響き渡っている。物欲しげと感じるその声を発しているのが自分だという自覚は、既に高沢からは失われていた。

「一緒に……っ……一緒に……っ……いきたい……っ……いきたい……っ」

達してしまいそうになり、一人ではいやだ、と櫻内の背にしがみつく。だが高沢本人は、自分がそうして心の中で抱いている希望を実際口にしてしまっていることには、気づいていなかった。

閨《ねや》での行為の最中、高沢が己の望みを口にするのは稀《まれ》である。羞恥が勝るためもあるが、何より、未だに男に抱かれ乱れる自分を許容できないためであるのだが、その彼がいくら無意識とはいえ、赤裸々に己の望みを語っているのには理由があった。

その『理由』は高沢の意識下にあるものではなく、しっかりと意識したもので、その意識がもしかしたらこうも高沢を積極的にしているのかもしれなかった。

その理由とは――。

「俺を……っ……俺だけを……っ」

朦朧《もうろう》とした意識の下、高沢がその理由となる感情を口にする。

今はただ、自分のことだけを考えていてほしい。自分を抱くという行為が、他の感情を紛らわすものであってほしくない。抱きたいから抱く、それが櫻内にとっての行為の意味づけであってほしい。

否、意味などなくてもいいのだ。抱きたいから抱く、抱かれたいから抱かれる。それを身体で感じたいし感じさせたい。

「あぁっ……あっあっあっあーっ」

喘ぎ続ける高沢の頭の中に、切れ切れにそのような思考が浮かんでは消えていく。思考が浮かぶときに胸に締め付けられるような痛みを覚える、その理由も高沢はぼんやりと察していた。

その痛みこそが——愛、というものなのだろう。

執着するものも人も持ち得なかった自分が今、たった一人の人間の関心を引こうと必死になっている。

以前の自分であれば、耐えがたい、という以前に理解できなかっただろう。それでも今は理解し、そして望んでいる。その一人というのが——。

「アーッ」

その『一人』の背に両手両脚でしがみつき、高沢が一段と高い声を上げ、達する。

「……っ」

ほぼ同時に櫻内も達したようで、頭の上で押し殺した息の音が聞こえた直後に、後ろにずしりとした重さを感じ、胸に溢れる充足感から高沢は思わず微笑んでしまっていた。

「後ろだけでいけたんだな」

笑いを含んだ櫻内の声が頭の上から降ってくる。

「……え……？」

意味がわからず、いつしか閉じていた瞼を開き、櫻内を見上げた高沢は、美しいその顔が近づいてきて唇を塞いでくる行為をなんの躊躇いもなく受け入れていた。

「ん……っ」

未だ自分の息が乱れていることを配慮し、触れては離れていく櫻内の唇を味わううちに、高沢に思考力が戻ってくる。

後ろだけでいけた——確かに今、櫻内に雄を触れられることなく自分は絶頂を迎えていた。自身の身体がそこまで開発されていたことに驚きを覚えると共に、いつにない感情が高沢の胸に溢れてくる。

男に抱かれるなど、あり得ないと思っていた。が、今、自分の胸に溢れているのは、櫻内と快楽を共にできることへの喜びだという事実に、高沢は戸惑い以上に納得を——嬉しさを伴う納得を覚えていたのだった。

結局それから三度、高沢は櫻内により絶頂を迎えさせられたあと、最後は意識を失うまで攻め立てられ、そのまま眠ってしまった。

ふと喉の渇きを覚え、目を覚ましたとき、自分が櫻内のキングサイズのベッドの上で一人で眠っていることに気づき、高沢は気怠《けだる》い身体を騙しつつ起き上がり、その辺りに落ちていた櫻内のガウンを身につけ、そのガウンの持ち主の行方を捜そうとした。

寝室を出て、次の間に向かう。

「どうした?」

そこは櫻内の書斎ともいうべき部屋であり、パソコンの画面に向かっていた櫻内が高沢に気づき、振り返って微笑みかけてきた。

「……何をしている?」

問いかけながら高沢は、答えは得られないだろうと半ば諦めていた。櫻内が仕事の話を今まで自分にしたことがなかったからだが、意に反し櫻内はごく当たり前のことを語るように今彼がしていたことを高沢に教えてくれた。

「二次団体、三次団体の反応に関するレポートを見ていた。風間の死はやはりそれなりの衝撃を与えているようだ。もともと組内にもファンが多かったからな。やはりここは『名誉の戦死』扱いにしておいたほうがよさそうだな」

「名誉の戦死というと……」

櫻内が答えるとは思っていなかった高沢は戸惑いながらも、彼の言うところの意味を探ろうと問いかけた。

「そう、身を挺《てい》して組を守ろうとしたことにする。組葬で送ってやるのがいいかもな」

「組葬……」

それが組や二次団体、三次団体に対する影響を最小限に留められる手なのであれば、致し方あるまい。頷いた高沢を見て櫻内はくすりと笑うと、

「来い」

と彼に向かい手を差し伸べてきた。

いつもであれば、呼ばれたとしても素直に応じはしないが、そのときの高沢は酷く素直になっており、言われるがまま櫻内に近寄り、座れと言われたとおりに彼の膝の上に腰を下ろす。

「愛人らしくなってきたじゃないか」

櫻内は苦笑しつつそう言うと、高沢の腰へと腕を回し耳許《みみもと》に唇を寄せてきた。

「他にも聞きたいことがあるんじゃないか？」

「……ああ」

やはり己の胸の内はすべてお見通しということか。そう察し、頷いた高沢だったが、櫻内が語り始めたのは彼の『知りたいこと』からは少しずれていた。

「渡辺《わたなべ》の処遇が気になっているんだろう？　彼には新しい射撃練習場で今までどおりまかないの仕事をしてもらうことにした」

「そうか……」

確かに渡辺のことは気になってはいた。が、今、聞こうとしていたのは彼のことではなかった。それで返事が少々おざなりになってしまったのだが、櫻内はそれを、高沢が己の措置に不満を抱いていると勘違いしたようだった。

「近くに置いておきたかったか？　若い燕《つばめ》を」

「そうじゃない」

揶揄してきているようで実は目が少しも笑っていないことに気づいた高沢は、誤解だ、と慌てて首を横に振った。

「逆に寛容な処分に驚いている。なんというか彼は……」

自分を連れて逃げようとしたのだから、と言いかけ、それではまるで『あなたの愛人を奪おうとした』と言っているようなものかと高沢は気恥ずかしくなり、他に言葉を探そうとした。

「まあ、そうだな。俺のもとからお前を奪い去ろうとしたんだからな」

だが櫻内にはその羞恥を気づかれ、しっかりからかわれてしまった。

「……組長に逆らったことへの処分はしなくていいのか」

本当に性格が悪い、と内心むっとしながらも、高沢は軽すぎる処分に違和感を覚え、その理由を櫻内に問うた。

「渡辺は単に、手駒にされただけだからな」

「手駒？」

問い返したと同時に高沢は、櫻内の言わんとしているところを察知した。それに気づいたらしい櫻内が、そうだ、と微笑み、頷いたあとに口を開く。

「渡辺がお前を助け出そうとしたのはお前の考えているとおり、風間が焚《た》きつけた結果だった。お前がいかに俺から酷い目に遭わされているかをこれでもかというほど吹き込んだんだろう。武器を運び出すその当日に、お前が行方不明にでもなれば、俺の意識がお前へいくと見込んだ上での風間の策略だった。渡辺がお前に対する恋心を募らせていることを把握していたからこその作戦だったな。利用されただけなのだからまあ、処分としては妥当だろう」

「……渡辺は……違うと思う」

告白めいたことを言われはした。が、おそらく彼が自分に対して抱いているのは恋心ではなく恩義だ。恋愛感情があると勘違いしたのは、それこそ風間に何かを吹き込まれたためだろう。

そう思ったがゆえに首を横に振った高沢の顔を櫻内は、なんともいえないといった表情で見返していたが、やがて気持ちを切り換えたような声で話し始めた。

「ともあれ、渡辺を焚きつけた風間は、武器庫の襲撃を実現しようとした。が、すでに武器は新しい練習場に運び込まれていたため、被害はなかった。ああ、峰のことも聞きたいのか?」

櫻内が今気づいたようにそう言い、高沢の顔を覗き込んでくる。

「……それも知りたいが……」

実際、知りたいのは他のことではあったが、それも気になる、と問い返した高沢に対し、櫻内は満面の笑みを浮かべ話を続けた。

「峰は風間を怪しいと睨み、彼の周囲を嗅《か》ぎ回っていたのを風間に気づかれ嵌られた。それがわかっていたから、すぐに峰の行方を捜し、新たな射撃練習場の責任者に据えたんだ。奴なら菱沼組の武器庫の管理も任せられると思ったからな。まあ、好奇心が強すぎるところは玉に瑕《きず》だが、このご時世ではそのくらいのほうが生き延びる確率は高まるということなんだろう」

櫻内はそう言うと高沢の腰を尚も抱き寄せ、顔を覗き込んできた。

「お前に色目を使うのは気に入らないがな」

「色目など使ってない。彼は」

誤解されたくないという気持ちから言い返した高沢に対し、櫻内は、

「『彼は』？」

と失言を気づかせるようなことを言い、にっこりと微笑んでみせた。

「『彼も』」

また揶揄か、と高沢は半ば呆れ、半ばむっとしつつもそう言い返したあと、もしや、と気づき櫻内の目を覗き込んだ。

「ん？」

微笑み、額同士をつけるようにしてきた櫻内の瞳の星が揺らいでいる。

やはり——櫻内は、自分の問いかけを封じようとしている。はぐらかそうとしている。

高沢が櫻内に聞きたいことはただ一つ、風間を失った今、どのような感情が胸に渦巻いているかということだった。

哀《かな》しいのか。悔しいのか。やりきれない思いを抱いているのではないか。

自分を抱いたのはそのやりきれなさを誤魔化すためだったのか。今、一人パソコンに向かいながら頭に思い浮かべていたのは風間と過ごした日々だったりするのでは。

問うてみたい。だが答えを聞けば、より後悔しそうな予感はした。なので聞けずにいた高沢の頬に櫻内の手が伸びる。

「眠くなったのならベッドに抱いていってやるぞ」

「……自分で戻る」

寝ろ、と言われたのだろうと察した高沢は、そう告げると櫻内の膝から下りようとした。が、一瞬早く櫻内は高沢の動きを制すると、彼を抱き上げ立ち上がった。

「自分で戻ると言っただろう」

下ろしてくれ、と抗う高沢を抱き直すと櫻内は、

「俺ももう寝るところだったのさ」

と微笑み、そのまま寝室へと向かっていった。

ベッドに高沢をそっと下ろし、自らもその横に身体を滑り込ませてくる。

「寝るんじゃなかったのか」

ガウンを脱がせようとする櫻内に高沢が問う。が、その直後、己の声に期待感がこもっていることに気づき、いたたまれない気持ちに陥った。

「どうするかな」

歌うような口調で言いながら、櫻内は高沢を全裸にすると、紅色の吸い痕《あと》がいくつも残る胸に掌を這わせてきた。

「ん……っ」

乳首を擦り上げられ、堪らず高沢が声を漏らす。

「誘うなよ」

くすり、とわざとらしく笑った櫻内が高沢に唇を寄せてきた。

「誘って……」

ない、と言おうとしたときには、唇を塞がれていた。あまやかなキスを受け止める高沢の身体に、じんわりと欲情が蘇ってくる。

風間を失ったやるせなさを紛らわせるための行為なのかもしれない。だがたとえそうであったとして、それがなんだというのだろう。

今この瞬間、櫻内の誰より近くにいるのは自分である。自分との行為が彼の癒《い》やしになるのであれば、それはそれで意味があるのではないだろうか。

そもそも行為に『意味』を求める必要があるのか。抱きたいから抱き、抱かれたいから抱かれる。その根底にあるのは相手を思う気持ちだと、そう考えていいのでは。

自己分析などしたことはなかったし、他人の心理を推し量ることなど今までしたことがなかった自分が、こうも自分の心を、何より櫻内の気持ちを慮《おもんぱか》るなど、我ながら信じられない。

この歳《とし》になっての自身の変化に戸惑いを覚えはしたものの、そこには不安も、そして受け入れがたいと思う気持ちもまるでなかった。

櫻内に抱かれたい。いつになく素直にそう思える。高沢のそんな心理は行動にも表れ、いつしか彼は自ら大きく脚を開き、櫻内の腰を開いたその脚で抱き寄せていた。

「明日の天気が本気で怖いぞ」

半ば本気のような口調で櫻内はそう言いはしたが、行為をやめることはなく、高沢の胸に顔を埋めてきた。

「や……っ……あっ……あぁ……っ」

乳首を舐られ、強く吸い上げられる刺激に、堪らず喘ぐ己の声が酷く嗄れていることに対し、高沢の胸に芽生えたのは羞恥でも自己嫌悪でもなく、どことなく誇らしいような気持ちだった。

飽きることなく、互いを求め合うことができている。行為による証明は心強いことこの上ない。

嗄れた声で喘ぎながら、櫻内の頭を抱き締める。気づいた櫻内が顔を上げ、微笑みかけてくることに羞恥を覚えながらも高沢は、己の欲する相手から欲してもらえることに対する幸福感を嚙みしめつつ、早く欲しいという気持ちを込め、再び両脚で櫻内の腰を己のほうへと抱き寄せた。

わかった、というように櫻内が微笑み、身体を起こす。そうして己の両脚を抱え上げてくれた彼に対し、高沢は嬉しさのあまり微笑んでしまっていた。

「……っ」

高沢の顔を見下ろしていた櫻内が一瞬、虚を衝《つ》かれたような顔になったが、すぐに彼もまたにっこりと微笑むと、既に勃ちきっていた雄を高沢のそこへと挿入させながら、高沢にとっては意味のわからない言葉を告げたのだった。

「その顔、見せるのは俺だけにしておけよ」

「……え？」

「あぁ……っ」

どの顔だ、と問おうとしたときには、櫻内の雄の先端がずぶりと挿入されていた。

堪らず喘いだ高沢の両脚を再度抱え直し、櫻内が激しい突き上げを開始する。

「あっ……あぁ……っ……あっあっ……あーっ」

早くも絶頂への階段を上り始めていた高沢の、閉じた瞼《まぶた》の裏では極彩色の花火が何発もあがっていた。

もう何も考えなくていい。ただ、こうして二人が繋がっていればそれでいい。実際、刹那《せつな》的な関係なのかもしれないが、それでもいいとしか思えない自分の心理は、相変わらず謎《なぞ》ではあった。が、謎は謎のままでかまわないのでは、という、ある種の達観の境地に高沢は至っていた。

自分を求めてくれればそれでいい。それだけで満足できる。その思いこそが『愛』だろう。

しかも無償の『愛』だ。

胸から溢れ出るほどの愛情に対しても戸惑いを覚えはしたものの、そんな感情を抱くことがでている自分に対する誇らしさも感じつつ、高沢は更なる快感を得ようと両手両脚で櫻内の身体へとしがみついていったのだった。


翌朝、朝食の用意ができたという早乙女の声により目覚めた高沢は、自分が全裸のまま櫻内に抱かれていることに気づかされ、羞恥から上掛けで顔を覆った。

「今更、照れることもないだろうに」

櫻内は呆れてみせはしたものの、無理強《じ》いすることなく高沢をベッドに残し、ガウンを羽織って朝食のテーブルについた。

「報告事項は？」

櫻内が早乙女に問う。

「へ、へい」

早乙女は一礼すると、手にしていたメモを大声で読み始めた。

「風間の遺体は彼のマンションに運びました。葬儀の段取りについて幹部がご相談したいと組事務所に集まってます」

「わかった」

櫻内は頷くと、

「おい」

と高沢を振り返った。

「やはり出て来い。食べたら出かけるぞ」

「…………」

どこへ。被っていた上掛けから顔を出し、高沢が櫻内を見る。視界に入った早乙女は、そんな彼を前にし、いつものようにいたたまれないような顔になりすっと目を背けていた。

その隙にと高沢は近くにあったシャツを羽織り、続いて下着とジーンズを身につけようとしたのだが、見当たらない、と探しているところを櫻内に「早くしろ」と急《せ》かされ、仕方なくシャツだけ身に纏った姿でテーブルについた。

早乙女がやたらと赤い顔をしながら高沢の前にも食事を並べ始めたが、メニューは今日も分厚いステーキだった。

「どこへ行くんだ？」

とても食欲はない、と思いつつも、食べろ、と櫻内に目で促され、サラダくらいなら食べられるか、と高沢はフォークを手に取りつつ行き先を問うた。

だが櫻内は、

「来ればわかる」

と言うだけで、どこへ行くかを高沢に教えてはくれなかった。

仕方なく食事を始めた高沢だったが、行き先にはなんとなく予想がついた。おそらく幹部たちが集まっているという組事務所ではないだろう。だが予想はつくが、なぜそこに自分を同行させる気になったのかはわからなかった。

食事のあと、櫻内はいつものように仕立てのいいダークスーツを身につけた。高沢は少し迷ったあとに、いつものジーンズではなく、彼もまたスーツを着ることにした。

スーツ姿の高沢を見て、櫻内は一瞬、苦笑するような笑みを浮かべてみせたが、すぐに、

「行くぞ」

と高沢に向かい手を差し伸べてきた。

「…………」

近くには早乙女が控えていたため、その手を取ることを高沢が躊躇っていると、櫻内はやれやれ、というような顔になりつつ、強引に高沢の手を引き歩き始めた。

「い、いってらっしゃいませ」

早乙女の上擦った声を背に高沢は櫻内に腕を引かれて部屋を出、そのままエントランスへと向かった。

車寄せには既に神部が待機していた。櫻内のために後部シートのドアを開いた彼は、高沢の珍しいスーツ姿に一瞬目を見開いたものの、すぐさま素知らぬ振りをし運転席へと向かっ

た。

車が走り始める。正確な住所は聞いていなかったが、行き先はやはり予想したとおりのようだ、と高沢はフロントガラスの向こうを見つめていた。

目的地には五分ほどで到着した。松濤にある高級マンションの地下駐車場に神部が車を停めると、櫻内は彼が扉を開けるのを待たずに降り立ち、高沢もそのあとに続いた。

エレベーターで最上階に向かう。高沢が予測したとおり、櫻内が向かっていたのは風間の遺体が運び込まれたという彼のマンションだった。

そう予測したからこそ高沢は、死者に対する礼儀としてスーツを選んだのだった。

櫻内は風間に、最後の別れをしに来たのだろう。だがそこに自分を連れていく理由も意味もわからない。知りたいような気もしたし、知れば後悔するような気もして、高沢は無言のまま前を歩く櫻内の背を追っていた。

最上階の風間の部屋の前には若い組員が二人、見張りのためか立っていた。櫻内の姿を認めるとさっと姿勢を正し、恭《うやうや》しげに頭を下げたあとに、

「どうぞ」

と丁重な仕草でドアを開いた。櫻内が入り、あとに高沢が続く。スーツ姿の高沢を見て組員たちは神部同様、少し驚いたような顔をしていたが、やはり彼と同じく慌てた様子で高沢から目を逸らせた。

風間の部屋を高沢が訪れたのは初めてだった。櫻内の家がいかにも彼の好みらしい、シンプルな内装であるのに反し、風間の部屋はその対極といってよかった。

ごてごてと、とまではいかないが、装飾に凝った家具が多く、なんともきらびやかな部屋だった。高沢はそうした方面にはまるで明るくないので何風だか何調だかはわからないが、欧州の老舗《しにせ》のホテルの部屋に雰囲気が似ているような気がした。

その部屋の中央、ソファーを壁際に避けたところにある台座の上、風間の遺体が収められているであろう白木の箱が置かれていた。

白木の箱の前、備えられた線香の煙が一筋、立ち上っている。

櫻内は真っ直ぐ白木の棺《ひつぎ》へと歩み寄ると、顔がくるところに設置された小さな観音開きの扉を双方開いた。

そうして中をじっと見下ろす。高沢は彼の後ろに立っていたため、棺に収められた風間がどのような顔をして眠っているのかを見ることはできなかった。

服毒死ということだったから、やはり苦悶の表情を浮かべているのだろうか。だがなんとなく高沢には、風間は生きているとき以上の美しい顔をしているのではないかと思えて仕方がなかった。

「失礼いたしやす」

と背後で聞き覚えのある声がしたのに、高沢ははっとし振り返った。

部屋に入ってきたのは早乙女で、息急ききって駆けつけてきたらしく、額には汗が滲み、大きく呼吸を乱している。

一体何事か、と身構えたのは高沢だけだった。

「ご要望のもの、お持ちいたしました。今、ご用意いたしやす」

はあはあ言いながらも早乙女はそう告げると、深々と頭を下げ、いったん引っ込んでいった。が、すぐにワゴンに載せたシャンパンとグラスを二つ室内に運び入れ、櫻内のすぐ近くまでそれを届けた。

「ご苦労」

櫻内が笑顔で礼を言い、シャンパンをあけようとする早乙女に、

「貸せ」

と手を出す。

あのボトルは、と高沢は櫻内が器用な手つきで栓を抜いたシャンパンを見やった。

ドンペリゴールド。

『あいつは案外、俗物だからな』

風間出所の折、用意させたのもあのシャンパンだった、と高沢はその日を思い起こしながら、櫻内が二つのグラスに黄金色の液体を注ぐさまを見つめていた。

まだあれからそう月日は経っていない。美貌の昔馴染みに、二人の仲睦《なかむつ》まじいさまに、生

まれて初めて『嫉妬』という感情を芽生えさせられた。

『玲二』

『黎一』

名前で呼び合う二人の間には、不可侵領域ともいうべき空間があり、強い絆で結ばれているのだとばかり思っていた。

――が。

櫻内は風間に対し、再会したその瞬間、彼のたくらみを見抜いたと告げていた。

果たしてそれが真実かもわからないし、それ以前に風間がそのときから裏切るつもりだったのかも高沢にはわからない。

『俺は……四代目ではなく、お前の唯一無二の存在になりたかったのかもしれないな』

拘束衣に身の自由を奪われていた風間が告げた言葉が高沢の耳に蘇る。

唯一無二であるように見えた。だからこそ、嫉妬したのだ。そして今も――。

櫻内が用意させたシャンパングラスは二つだった。室内に今、『生きている』人間は二人いる。だが櫻内は高沢のために、グラスを用意させたのではなかった。

ぱちぱちと美しい泡のはじける黄金色の液体を注いだグラスは、白木の棺の上、開いた扉の傍《そば》に櫻内の手により置かれていた。

「乾杯」

もう一つのグラスを取り上げ、櫻内が呟くようにしてそう告げたあと、一気にグラスを煽る。

別れの杯。そういうことなのだろう。やはり櫻内にとって風間は『唯一無二』の存在であったのだ、と高沢は、タン、と飲み干したグラスをワゴンの上に音を立てて下ろした櫻内の姿をただ、見つめていた。

今、彼の胸には、最近ようやく知ることとなった『嫉妬』の感情が渦巻いていた。

冷静に考えれば、もう相手は死んでいるのだ。嫉妬するだけ馬鹿馬鹿しいと判断がつきそうなものである。

だが死んでいるからこそ、この先風間は永遠に櫻内の胸の中で『唯一無二』の存在として生き続けるのではないかと思うと、やはり嫉妬を覚えずにはいられない。

自分がそんな、情緒的なことを考えるようになろうとは、と高沢がふと我に返り、戸惑いを覚えたそのとき、櫻内が彼を振り返った。

「帰るぞ」

「……線香を……」

どうしてそのような願望を抱いてしまったのか、高沢自身、よくわかっていなかった。

風間の顔を見たい。最期の顔を目に焼き付けたい。胸に膨れ上がるその願望を抑えられず、高沢はつい、櫻内にそう申し出てしまっていた。

「…………」

櫻内は驚いたのか、微かに目を見開いたものの、すぐに唇の端を上げるようにして微笑み、白木の棺の前から一歩離れた。

高沢は線香の前まで歩み寄ると、一本を手に取り灯《とも》っていた蠟燭《ろうそく》の炎で火をつけ、軽く振ったあとに、ずいぶんと短くなっていたもう一本の線香の近くにそれを立てた。

そうしている間、視界の隅に風間の顔が入り込んでいたが、敢えて見ないようにしている自分を、高沢は不思議に思った。

顔を見たい。だからこそ、線香を手向《たむ》けたいと申し出たはずであるのにどうしたことか。

両手で拝むそのときまで、思い切りがつかずにいたが、目を閉じ、題目を唱えたあとようやく高沢は目を開いて風間の顔を見やった。

思ったとおり、風間はそれは美しい顔をしていた。苦悶の歪みなど少しもない。初めて彼を見たときにその美貌に驚きを覚えたものだが、棺の中に横たわるその顔は、神々《こうごう》しいほどの美しさで、高沢は思わずまじまじと彼の白い顔を見下ろしてしまった。

今にも起き出し、微笑みかけてきそうな死に顔だった。

『やあ、高沢君』

にっこり、と華麗に微笑むその顔も、爽《さわ》やかな声音も、もう二度と目に、耳にできないのかと思うと不思議な気がした。実は死んでいないのでは。尚もまじまじと顔を眺めてしまっ

ていた高沢の耳に、櫻内の声が響く。

「行くぞ」

「あ、はい」

それでようやく我に返った高沢は、櫻内に不意に肩を抱かれ、はっとして彼を見やった。

「何を考えていた？」

櫻内の視線は棺の中の風間の顔に向いていた。チリ、と高沢の胸が微かに痛む。

やはり死して尚、風間は自分に対し嫉妬心を呼び起こす存在であり続けるようだ。半ば諦観しつつ高沢は、答えを待っている様子の櫻内に対し、今まで自分が実際に『考えて』いたことを——まるで生きているようにしか見えない、などということを答えようとした。が、口を開こうとした直前に、棺の上に置かれたシャンパングラスが目に入り、言葉は喉の奥へと飲み込まれていった。

言葉を告げようとすればきっと、嫉妬めいたことを口にしてしまうに決まっている。それで黙り込んだ高沢を、櫻内は暫し見つめていたが、やがて、ふっと笑うと、

「行くぞ」

と肩を抱く手に力を込め、棺の前から離れた。

部屋のドアが開いたのは、外で待機していた早乙女が室内を窺っていたからのようで、あいかわらずしゃちほこばった様子で櫻内に対し頭を下げていた。

「組事務所に向かう……が、これは自宅に落としていく。あとで地下の練習場を案内してやってくれ」

早乙女の前を通りながら、櫻内がそう彼に指示を出す。

「へ、へいっ」

話しかけられるとは思っていなかったようで、早乙女は一瞬、わけがわからなそうな顔になったものの、すぐ、大声で返事をし、米つきバッタのように何度も頭を下げて寄越した。

「もう、使えるのか？」

足早に歩く櫻内と並び足を進めながら高沢は彼に問いかけたのだが、続く櫻内の言葉は問いへの答えではなかった。

「ああ、そうだ。三室だがな」

「えっ？」

不意に出されたかつての教官の名に、高沢は戸惑いのあまり、思わずらしくないほどの高い声を上げていた。

櫻内の眉間にくっきり縦皺が寄る。が、すぐに彼はその皺を解《ほど》くと笑顔になり言葉を続けた。

「三室だが、八木沼の兄貴の所有する射撃練習場の世話になっているらしい。確か、河野《こうの》とかいったか……もと同業だという、あの男を頼ったようだぞ」

「……そう……か……」

一人で歩くこともままならない様子だった三室について、確かに気にはなっていた。だが、三室の話題を出すと必ず不機嫌になる櫻内の口から、彼の現況を聞けるとは思わなかった、と戸惑いが先に立つあまり、相槌が胡乱《うろん》になる。

そんな高沢を見やり、櫻内は苦笑めいた笑みを浮かべたあとに、視線を前へと戻し、ぽつりとこう呟いた。

「ヤキが回った、と言われかねないな」

「……え？」

聞こえないような声で告げられた言葉はしっかり、高沢の耳に届いていたが、敢えて聞き返してしまったのは『誰に』という部分をはっきりさせたいからだった。

だが櫻内は高沢の声を無視し、歩き続けている。

聞かずとも高沢にはその答えがわかっていた。

『裏切り者を見逃すなんて……そればかりか、心配している高沢君にわざわざ無事を報告してやるなんて、随分とヤキが回ったなぁ、玲二』

華やかな笑顔、軽やかな口調がまざまざと高沢の脳裏に浮かんでくる。

幻のその男の——風間の美貌を頭の中で思い描いていた高沢の腕はいつしか上がり、自身のスーツの胸元を摑んでいた。

「どうした」

櫻内が高沢の顔を覗き込んでくる。

黒曜石のごとき美しい瞳に、今映っているのは間違いなく自分である。だが彼の頭の中には誰がいるというのだろう。

その思いが高沢に、自身でも思いもかけない言葉を告げさせていた。

「……俺も……唯一無二の存在になれるのか？」

「は？」

唐突すぎる高沢の発言に、櫻内がらしくなく、戸惑った声を上げる。その声が高沢を我に返らせ、自分は一体、何を言ってしまったのかと狼狽《ろうばい》することとなった。

「なんでもない。ただ俺は……」

『ただ俺は』のあと、言葉が続かずにいた高沢の肩を櫻内がぐっと抱き寄せてきたかと思うと、高沢の顔をじっと見つめた。

「……っ」

煌めく黒い瞳の美しさを前に、高沢は羞恥を一瞬忘れ櫻内の目に見入ってしまった。と、その美しい瞳が細められたかと思うと、いきなり櫻内が高く笑い始め、高沢を酷く戸惑わせた。

「ああ、可笑《おか》しい」

ひとしきり笑ったあと、櫻内は笑いすぎたせいで涙の滲む瞳を、何を笑われているのかわからず立ち尽くしていた高沢に向け口を開いた。

「その答えを知らないのは、おそらくお前だけだ」

「……え？」

櫻内の煌めく瞳に、少し紅潮した白皙の頬に、見惚れてしまいながらも高沢は、彼の言葉の意味を悟るべく、思考を巡らせようとする。

考え込む高沢を見て、櫻内は尚も噴き出すと、

「やはり俺も一度、家に戻るとするか」

そう言いながら高沢の肩を更に抱き寄せ、戸惑う彼のこめかみに、それは愛しげに唇を押し当ててきたのだった。

後日談

「えらい盛大な葬式やったそうやないか」

松濤の櫻内の自宅を八木沼が訪れたのは、菱沼組の若頭補佐、風間黎一の葬儀の翌週のことだった。

「ほんまにワシが出んでもよかったのか」

八木沼は出席の意思を表明したのだが、櫻内からご足労いただくには及ばないと断りが入り、名代として岡村組《おかむらぐみ》の若頭補佐が出席した。

「兄貴の顔に泥を塗ることになりかねませんでしたので」

本当に申し訳ありません、と真摯な口調で謝罪し頭を下げる櫻内の横には、八木沼のリクエストで同席することとなった高沢がいた。

ここは自分も頭を下げておいたほうがいいのか、と迷っていた彼をちらと見やり、くすりと笑いを漏らしたあとに、八木沼が櫻内の肩を叩き、頭を上げさせる。

「ええええ。あんたにやったら、なんぼでも利用されたるわ。風間が実は裏切りモンやった、いうことが世間にバレたらちょっとした騒ぎになるやろうし、そこを大陸マフィアにつけこまれんのもつまらんしな」

「お気遣い、痛み入ります」

本当に、と再度頭を下げようとする櫻内に、

「ええて」

と八木沼は声をかけると、

「それより、折角の酒や。飲もうやないか」

と持参した獺祭《だっさい》を彼に勧めた。

「杜氏《とうじ》やなく、システムで酒造る、いうんを聞いて、なんや抵抗があったんやけど、美味《うま》いものは美味いさかいな」

話題をさらりと酒へと変え、話を続けようとする彼に、櫻内は再び深く一礼したあと、ガラス製の杯を取り上げ、酒を受けた。

そうして八木沼から酒器を受け取り、彼の杯をも満たす。

「ほれ、高沢君も」

飲みや、と手招きされ、高沢は恐縮しつつも己の杯を再び酒器を取り上げた八木沼に向かい差し出した。

「噂ではこの家の地下を、彼専用の射撃練習場にしたそうやないか。愛やな、まさに」

にやにやと八木沼が笑いながら、櫻内と高沢を揶揄してくる。

「ええ、愛ゆえです」

だがからかわれたはずの櫻内が涼しい顔でそう答えたものだから、八木沼は、

「こらええ」

と笑い出し、その笑いが止むまで会話は一時途切れた。

「ああ、ほんま、涙出るほど笑わしてもろたわ」

ようやく笑いがおさまった八木沼が、言葉どおり、目尻にたまる涙を拭いつつ高沢を見やる。目を合わせたものの、何を言えばいいのか迷い、黙り込んでいた高沢から視線を櫻内へと向け直すと、またも揶揄めいた口調で話し始めた。

「射撃練習場の責任者にヤキモチやいとった、いう話やったもんな。新しい責任者にもやいとるんか?」

「……兄貴にはかないませんね。どれだけの情報網をお持ちなんだか」

やれやれ、と櫻内は苦笑したものの、八木沼の言葉を否定はしなかった。

「なんや、ほんまに妬いとるんかいな」

へえ、と八木沼が感心した声を出す。

「お察しください。コレですんで」

話題は自分のことではあるが、内容が内容なだけにいたたまれない、と俯いていた高沢を目で示しつつ、櫻内が苦笑まじりに八木沼にそう告げる。

『コレ』というのは自分のことか、と顔を上げた途端、八木沼と目が合い、ニッと笑われたのに、思わずらしくない愛想笑いを返すと、

「ああ、せやな」

なぜだか八木沼が酷く照れた顔になり、納得したように頷いた。

「？」

何が『せやな』なのか。首を傾げた高沢を見て、八木沼がコホン、と咳払《せきばら》いをする。

「あかん。酔うとるし、おかしな気分になりそうや」

「わかっていただけましたか」

ふふ、と櫻内は微笑むと、高沢に対し、

「下がっていろ」

と低く命じた。

「……はい」

何か不興を買ったのだろうか、と案じつつも高沢は頷き、その場を辞そうとした。

「ああ、冗談や。あんたのオンナに色目つかうような真似《まね》はせんから、安心しいや」

だが八木沼に制されてしまい、再び腰を下ろす。

「別に兄貴を疑っているわけではありませんよ」

櫻内が珍しくもバツの悪そうな顔になったのを見て、八木沼は、

「ほんま、あんたも難儀やな」

と笑い、手を伸ばしてぽんぽん、と櫻内の肩を叩いたあと、世間話のような口調で話を始めた。

「例の三室やけどな、ウチの組としては今後も面倒見るつもりやったんやけど、本人が怪我《けが》が治ったら行きたいところがある、言うとるさかい、自由にさせたろかと思うとる」

「……本当に何から何まで、申し訳ありません」

それを聞き、はっとした高沢の横で、櫻内が深々と頭を下げた。

「悪いことはないんやけど、奴の『行きたいところ』が香港やいうんで、止めるべきか迷うとるわ」

「香港……ああ、人質になっているという金子の父親を救うつもりだと……既に香港にはいないと思いますがね」

少々呆れた口調でそう告げる櫻内に、

「ウチの河野もそない言うて思いとどまらせようとしたんやけどな」

と八木沼もまた、肩を竦めた。

「手がかりから探る、言うとったわ。そもそも、人質としての役割は終わっとるんやから、もう殺されとるんやないかと思うけどな」

「ですよね」

八木沼と櫻内、二人の間で淡々と語られているのは、かつて高沢が香港で大変世話になった金《ジン》という男についてだった。

二人の言うことは正しいに違いない。大陸マフィアも、この先の利用価値がない人質を生かしておくとは思えないが、それでも金が亡くなったとは、高沢は思いたくなかった。

金と三室の関係は、高沢の知るところではない。だが金は三室には大変世話になったと言い、彼の頼みならいかなることも引き受けると断言していた。それで高沢も助けてもらったわけだが、一方三室もまた、金に対しては特別な思いを抱いていたということなのだろうか。それに金子は関係しているのか。果たして彼は金の息子なのか、三室の息子なのか。そのどちらでもないのか。

いつしか一人、思考の世界にはまっていた高沢は、八木沼に何か問いかけられ、はっと我に返った。

「すみません、あの……」

問われた内容を聞いていなかった、と頭を下げた高沢の横で、櫻内が、

「躾《しつけ》がなっておらず、申し訳ありません」

と八木沼に頭を下げた。

「こら、体のいい『お仕置き』のネタ、与えてしもうたな」

八木沼は少しも気を悪くした素振りをみせず、あはは、と軽く笑うと、再び同じ問いを高沢に投げかけてくれた。

「そやし、三室を止めたほうがええんか、聞いたんや。大陸マフィアに一人で立ち向かういうんはそれこそ、命を捨てに行くようなもんやさかいな。引き留めてほしい、いうんやったらそないするよう、河野に言うとくよって」

「……それは……」

気持ちとしては、三室に思いとどまってもらいたい。だが、それを決めるのは自分ではない、と高沢は首を横に振った。

「私が口出しできることではありません。気持ちとしては、教官には……三室さんには、命を大切にしてほしいと願ってはいますが……」

「あかん。あかんで、高沢君」

途端に八木沼が顔を顰め、目の前に出した手をひらひらと振ってみせたのに、失言をしたのか、と高沢ははっとし、傍らの櫻内を見やった。

「ちゃうちゃう。ここはな、『櫻内組長のおおせのままに』言うところや。ああ、またこのあとのお仕置きのネタ、与えてもうたなあ」

あっはっは、と八木沼が高らかに笑い、手を伸ばしてバシバシと高沢の肩を叩く。

「……申し訳ありません」

謝るのも何か変かと思いはしたが、無言でいるのも憚られ頭を下げた高沢に対し、八木沼は、

「謝る相手はワシやないやろ」

と尚もバシバシとその肩を叩いたあとに、ふと櫻内を見やり、まるで別の話題を口にした。

「風間、あれは自滅やなあ。高沢君にえらい嫉妬しとったもんな」

「…………兄貴」

ぽろりと告げられた言葉に、櫻内は珍しくも一瞬絶句した。

「ああ、かんにん。そやしなあ」

八木沼が頭をかきつつ、話を続ける。

「せやったんか、て、今、気づいてもうてな。高沢君がおらんかったら風間も、ボロ出さんとうまいことやったんやないかってな」

「どうでしょうかね」

櫻内が苦笑し、杯を呷る。

「それ以前に、風間の心の隙間に大陸マフィアが割り込むこともなかったかもしれん……けどまあ、本人が亡くなってるよってな。ほんまのところはわからんな」

八木沼はそう、話を締めると、今までのしみじみとした感じからがらりと変わった明るい口調で言葉を続けた。

「しかしほんま、べっぴんやったな。あないに色目使われて気持ちも萎《な》えたんやけど、いっぺんくらい、相手したらよかったかもしれんな」

「骨抜きにされていたかもしれませんよ」

ははは、と櫻内が笑い、空いていた八木沼の杯に獺祭を注いだ。

「テクニシャンっぽい顔、しとったもんな」

八木沼が酒器を櫻内から取り上げ、彼の杯にも酒を注ぐ。

「……兄貴はさすがだと言ってましたよ」

そう言い、杯を掲げてみせた櫻内に八木沼は目を細めて笑うと、

「さよか」

と彼もまた杯を掲げ、二人して、乾杯、というように軽く合わせたあとに一気に飲み干した。

「さぞ、落ち込んどるやろと思うとったけど、よう考えたらあんたには最愛の愛人がおったんやった。気遣う必要、なかったなあ」

あはは、と八木沼は笑うと、ほら、というように酒器を取り上げ、高沢に杯を差し出すよう強要してきた。

慌てて杯を空け、差し出した高沢を見つめながら、八木沼が櫻内に問いかける。

「いつまでボディガードをさせとくつもりや？　そろそろ愛人一本に絞ってもええ時期なんちゃうか？　『姐さん』として振る舞わせたほうが、この先、面倒は避けられるんやないかと思うけどな」

「男の『姐さん』が果たして受け入れられるかは謎ですが」

ははは、と笑う櫻内に八木沼は、

「まあ、ポジションが人を作る、言うけどな」

と返したあと、

「せやけど」

にやりと笑い、言葉を続けた。

「高沢君が『姐さん』になったら、組員の心を摑む機会も増えそうやしな。そないしたらあんたの悋気《りんき》も、休まる間、なくなりそうやなあ」

そら逆効果か、と八木沼がまた、高く笑う。

「そやし、人は収まるべきところに収まる言うし、あくまでも私見やけど、高沢君は立派に『姐さん』のポジション、務まるんやないかと、そない思うけどな」

八木沼はそう言ったあと、

「せや」

と何か思いついた顔になり、既に酔いで紅く染まっていた顔を、ずい、と櫻内に近づけた。

「年明けに岡村組系列の団体を集めて『婦人会』を開催する予定なんや。それに高沢君をゲストで呼んだるわ。一気に全国にお披露目できるで。そこでは特技を披露するんやけど、高沢君やったらその射撃の腕で各団体のトップを唸《うな》らせること、間違いなしや」

嬉々《きき》として告げる八木沼に対する櫻内の返事は、

「考えておきます」

というものだった。

「なんや、またヤキモチかいな」

八木沼が心底呆れた口調でそう言い、肩を竦める。

「兄貴も俺の身になればわかります。無自覚ほど始末に負えないものはないので」

すみません、と詫《わ》びつつもそう告げた櫻内に八木沼が、

「わかるで」

と同意してみせる。

「そやし、貞操帯はやりすぎやろ」

にや、と下卑《げび》た笑みを浮かべ、八木沼がそう言い、ちらと好色そうな視線を高沢へと向けてきた。

「まったく、兄貴の情報網には、感服せざるを得ませんな」

苦笑する櫻内に、

「せやろ」

と八木沼が笑ってみせる。

「楽しそうやな、思うとったんや。そのうちワシも、床上手なスナイパーを育てるつもりやさかい、その際には色々教えてや」

微笑み、そう告げる八木沼に対し、櫻内が、

「お任せください」

と丁重に頷いてみせ、当事者である高沢から声を奪った。

「ですが正直、お薦めはできません……が、彼が風間を撃った瞬間、文字どおり、生きていてよかったと思いました。この上ないほどの喜びを感じた瞬間でしたよ」

「そら、嬉しかったやろうなぁ」

八木沼が破顔し、櫻内が「それはもう」と微笑み頷いている。

そんなふうに思っていたのか、と内心驚きながらも、櫻内の嬉しげな笑みに嘘は欠片も感じられないことに、それこそ『この上ない喜び』を感じていた高沢は、気づかぬうちに櫻内を熱く見つめてしまっていたらしい。

「ほんま、ラブラブで羨《うらや》ましいで」

八木沼に揶揄され、羞恥に頬を染めつつも、高沢自身もまた我知らぬうちに幸福感を物語る笑みを——誰をも引きつけてやまぬ微笑をその顔に浮かべた結果、八木沼ばかりか普段その笑顔に触れているはずの櫻内の声をも奪ってみせたのだった。

たくらみの愛
〜コミックバージョン〜
原案:愁堂れな
作画:角田 緑
……
白薔薇の君がいなくなってもうたらもう「べ○ばら」のコスプレはできへんなぁ……
ひらり
否《いな》!!
「べ○ばら」がなければ「エリザ」も「ロミジュリ」も「風共」もあるじゃない
イメージ。
いっそアイドルはどないやろ
ああ せや! ヅカを離れて今度は歌舞伎でもええな
何がええか本人に聞いてみよ!
コン
コン
絵にも描けない
櫻内邸
お呼びでしょうか
カチャ

ぎょっ
ずもももも…
!?
いや
八木沼の兄貴から意味不明の問い合わせがきてな
コスプレ衣装希望リスト
なんだコラ
はっ
エリザ
ロミジュリ
風共・源
ラインダ
助六と揚
娘道成寺
……
兄貴の心が読めないと思ったのは初めてだ
ど、どうするんだ!? 断わるのか?
とりあえずこれかこれ…か
って!! 選ぶんかい!!
で、公な
えっ 俺も!?
そ
END

あとがき

はじめまして&こんにちは。愁堂れなです。

この度は六十一冊目のルチル文庫、そしてたくらみシリーズ第二部第三巻（シリーズでは第七作目）となりました『たくらみの愛』をお手にとってくださり、本当にどうもありがとうございます。

第二部完結となります。美貌の若頭補佐、風間や、彼に対する嫉妬に苦しむ高沢、そしてそんな高沢を自宅の地下に鎖で繋ぎ貞操帯をはめて攻め立てるという（笑）櫻内組長を、とても楽しみながら書かせていただいたのですが（え）、いかがでしたでしょうか。皆さまに少しでも楽しんでいただけましたら、これほど嬉しいことはありません。

角田緑先生、今回も本当に素晴らしいイラストをありがとうございました！　いただいたラフ一枚一枚に感動していました。

今回もおまけ漫画を描いていただけて本当に嬉しかったです。私の元ネタより全然面白くしてくださり、本当にありがとうございました！

また、今回も大変お世話になりました担当様をはじめ、本書発行に携わってくださいましたすべての皆様に、この場をお借りいたしまして心より御礼申し上げます。

最後に何より、この本をお手にとってくださいました皆様に御礼申し上げます。

今回で第二部完結とはいえ、来年には第三部がスタートする予定です。高沢は果たして『姐さん』デビューすることになるのでしょうか（笑）。どうぞお楽しみに。

お読みになられたご感想をお聞かせいただけるととても嬉しいです。何卒宜しくお願い申し上げます。

次のルチル文庫様でのお仕事は、来月『J・Kシリーズ』（スナイパーシリーズ）の最終巻を刊行していただける予定です。

こちらもよろしかったらどうぞお手に取ってみてくださいね。

また皆様にお目にかかれますことを、切にお祈りしています。

平成二十七年十二月吉日

愁堂れな

（公式サイト『シャインズ』http://www.r-shuhdoh.com/）

✦初出　たくらみの愛……………書き下ろし

愁堂れな先生、角田緑先生へのお便り、本作品に関するご意見、ご感想などは
〒151-0051 東京都渋谷区千駄ヶ谷 4-9-7
幻冬舎コミックス　ルチル文庫「たくらみの愛」係まで。

幻冬舎ルチル文庫

たくらみの愛

2016年1月20日　第1刷発行

✦著者	愁堂れな　しゅうどう れな
✦発行人	石原正康
✦発行元	株式会社 幻冬舎コミックス 〒151-0051 東京都渋谷区千駄ヶ谷 4-9-7 電話 03(5411)6431［編集］
✦発売元	株式会社 幻冬舎 〒151-0051 東京都渋谷区千駄ヶ谷 4-9-7 電話 03(5411)6222［営業］ 振替 00120-8-767643
✦印刷・製本所	中央精版印刷株式会社

✦検印廃止

ISBN978-4-344-83624-2　C0193　Printed in Japan